文庫

チョッちゃんの

バァバよ大志をいだけ

新版

黒柳　朝

中央公論新社

目次

三章　私の『舞踏会の手帖』

四章　引っ越し人生〝開けゴマ〟

五章　チョッちゃん流のいきあたりばったり

チョッちゃんのバァバよ大志をいだけ

新版

プロローグ　人生は大芝居

先日、何冊かある聖書の、しばらく忘れたままになっていた革表紙のものを、ちょっと手にとって開いてみました。表紙の裏の右隅に、

『一九七五年、○月○日
悲しみに耐えられない日　この聖書を求む』

と書いてありました。十年ちょっと前にあったその出来事は、もうすっかり忘れてしまっています。

時は何よりの名医ですね。

五十三年間共に暮らしたパパが亡くなったあと、ひょんなことから皆さまの前でお話をするようになり、私はひとり歩きをはじめました。

さくらんぼうのおいしくなる七夕《たなばた》のころ、アメリカ、カナダへ講演の旅に出かけるようになって、今年で四年目になります。

このことを、ある新聞が、「若さを保つ七夕巡礼」と名づけて記事にしてくださり、結びに、「彼女はもしかしたらクラーク博士の弟子かもしれない」と書いてくださいました。七夕巡礼とは、また素敵な言葉を贈ってくださったものと、うれしく思っています。ボーイズ・ビイ・アンビシャスでなくて、バァバズ・ビイ・アンビシャスですね。

私は五十歳を過ぎたら、自分のために時間を使いたいと願っていました。でも、五十歳のときは、末息子がまだ幼児で、残念ながら子育ての真っ最中。

私にとっては子供よりも手のかかる主人を見送ったときは、七十二歳になっていました。正直のところ、自由になるのがオソスギタ！と思いました。

でも、気をとり直して再出発。生まれたばかりの子供にかえって、これからだって何かができるはずだと考えました。

「お年は?」ときかれたら、「まだ七十六歳よ」と答えることにしています。花の盛りと思っています。

私なりに大志を抱いて歩きつづけているのです。私はクラーク先生の弟子だと勝手にきめて。

先日、講演のあとの質問の時間になったとき、最後列でずっと立ったままきいていらした五十歳くらいの男性の手があがりました。そして、

「愛って、なんですか？」

ときかれました。私は、ドキッとしましたが、

「愛って、目に見えないけれど、信じられて、温かいもの」

と答えました。

「幸福って、天使の羽根のようなものだと思います。肉体が生きているかぎり、不幸や悲しみはタンクに乗ってやってきます。押しつぶされ、打ちのめされそうになるけれど、私たちはかよわい天使の羽根につかまって飛ぶことができるのです。

タンクがどんなにパワフルで頑丈でも、空を飛ぶことはできませんからね。幸せって、そんなものだと思います」

人生は、辛《つら》いことや悲しいことのほうが多いぐらいです。でも「自分ほど不幸な人間はいない」なんて悲劇の主人公にならないでください。

誰にでも得手なこと、ふさわしい仕事があります。それがどんなに小さな手仕事であっても、何かをやってみて、

「私は天才！」と叫んでみてください。自分で自分に手をたたいてください。歌を歌ってください。

私は人生は大芝居だと思っています。

悲しいとき、辛いとき、貧しいとき、今はそういう場面なんだ、みごとに私らしくこの役をこなしてみようと思います。誰にも負けない乞食役者《こじきやくしゃ》になれば、貧乏も苦にならず、結構楽しくさえ思えてくるものです。

楽しもうと決心さえすれば、たいていのことは楽しくできるものです。年齢から解放されて、毎日、新しいあしたがあるのだと思ってやすむことにしています。

明るいピンクやオレンジの色は、私たちのためにあるのです。なんでも着てみましょう。似合いそうな髪型をあれこれ試してみましょう。

それは突飛な格好をして奇をてらうということではなく、今の自分をいちばん新鮮に美しく見せるものを積極的に探してみる、ということです。

私は、最近は若者のように、ストレッチパンツにナウいブーツを愛用しています。やってみると、体も気持ちもシャンとなるから不思議。気の持ちようというのは本当ですね。

お金？　素晴らしいものはみんなタダ。

愛情、太陽、空気、水、勇気、信じること、工夫、情熱、想像力、好奇心……。

お金や物をどんなにたくさん持っていても、いつかなくなるし、それによって幸せがすべて得られるというものではありません。

でも、自分で育てた豊かなものは、尽きることなく増えていくはずです。命あるかぎり、心の中、頭の中に、素晴らしい宝石をいっぱい詰め込みましょう。

私の大芝居も、少しずつ終わりに近づいてきましたが、どんな幕切れになるのでしょうか。人間誰でもいい役につきたいけれど、どんな役柄がふりあてられるかわからないところが、人生ドラマの面白いところだと思います。

神様からいただいた私の役柄を、精いっぱい楽しく演じられる、いい役者でありたいと、思っています。

クラーク先生、私、間違っていますか？

一章　バァバの七夕《たなばた》巡礼

今度はチョッちゃんの出番よ

庭一面に咲いた花大根の紫のベールが、緑一色に戻った三年前の春の朝、主人が突然天国へ召されました。

私の腕に抱かれて、

「僕、死ぬの？」

といったのが、最後の言葉となりました。

埋骨の日、石屋さんがお墓の蓋《ふた》をあけると、十二歳で亡くなった彼の最も愛した長男、明児《めいじ》の、かわいい小さな骨壺《こつつぼ》がチョコンと見えました。

主人の骨壺を、その横に並べて置きました。

「二人で天国で楽しく遊んでね」

と私は祈りました。

うす紫色のカードに、皆さまへのお礼のご挨拶《あいさつ》を書き終わったとき、ロサンゼルス在住の北野ドクターから、お電話をいただきました。

「朝さん、元気でいますか？　ご主人の追悼演奏会を私の家でしたいけれど、いつごろなら、こちらに来れますか？　ご都合を知らせてください」

あちらの皆さまが集まってそんなお話をすすめてくださっていることを知って、とてもうれしく思いました。そしてまた、昨年は主人の七十四歳のお誕生日のための演奏会を開いていただいたことを思うと、人の命のなんとはかないことでしょうか。

主人は、自分を売り込むようなたぐいのことはいっさい嫌いな人で、テレビやラジオから座談会的なお仕事がきても、またいくつかの音楽学校からバイオリン科の先生にとお頼まれしても、「僕は音楽学校も出ていないから」といって、すべてお断りしていました。いつも貧乏所帯のやりくり算段の私は、少々ぐらい節を曲げても仕事してくれれば少しは生活が楽になるのにと、ちょっとうらめしく思いながらも、私もまたそんな主人が好きでした。

でも、昔主人と音楽生活にかかわった方たちが追悼演奏会をしてくださるというのでしたら、主人も天国で喜んで聴いてくれるかもしれないと思い、主人との別れで体調をくずしていた私も、十月ごろならとお返事を出しました。

生前、主人と私は、何度となくロサンゼルスに行きました。末息子が外国の航空会社に勤めているおかげで搭乗券をプレゼントしてくれるのと、親しい友人たちがアメリカで活躍していて、私たちをいつも温かく迎えてくださったからです。

安くておいしいロスのさくらんぼうを思いきり食べるのも目的の一つなので、出かけるのはいつも六月から七月にかけてが恒例でした。ロスの温順な気候と美しい花々は、私たちを心からリラックスさせてくれました。

泊めていただくのは、木琴奏者として有名だった平岡養一さんの息子さんのお家で、気持ちよくいつまでも居候させてくださり、貧乏暮らしの私たちにはもったいないような幸せな旅でした。平岡養一さんは、N響で主人がコンサートマスターをしていたころ、ソリストとしてたびたび共演されていました。

すでに、アメリカで活躍の舞台をもち、ニューヨーク市民は、毎朝ラジオから流れる平岡さんの木琴『お江戸日本橋』で目を覚まし、夜も平岡さんの子守歌で眠りにつきました。当時、日本人音楽家で、アメリカで飯が食えるのは、平岡さんぐらいといわれたものでした。

ご長男の昇二さんは建築家、奥さんの雅子さんは結婚前日本でジャズシンガーとして活躍した方で、それぞれ私の友人でした。なぜか私が縁結びの橋渡しのような役割をしたようで、幸せで平和な家庭を築いていらっしゃいます。

平岡家では、私はアンナと呼ばれています。理由は誰にもわかりませんが、一人息子の武士君が赤ちゃんだったとき、はじめて私を呼んでくれたときの名前がアンナだったのが、その呼名の始まりなのです。子供の家に帰ったような気楽さで定宿にさせていただくようになって、十二、三年になるでしょうか。

十月末に、バイオリンを持って写っている主人の写真を大きく引き伸ばしたのを持ち、バイオリニストの小林武史さんも同道してくださって、一緒にロスに発ちました。

この演奏会の発案者である北野先生は、脳外科の名医として有名で、フルートの腕前もプロ級。慶応の医学生時代、フルート奏者になりたいと思ったけれど、ご両親の強い希望でお医者さまにおなりになりました。奥さんのひろ子さんも芸大出身の、コンクールにも入賞したことのある美しい声の持ち主という音楽愛好家のご夫婦です。

演奏会の当日、北野先生の広壮なお家の大広間には、百五十人くらいの豪華メンバーが集まって、ソロやら合奏やらを主人のために心をこめて弾いてくださいました。

チェロの三本さんが指揮をしてくださり、セコイヤクヮルテットの渡辺ご夫妻もみごとに美しく年を増して、絃楽《げんがく》合奏を聴かせてくださいました。そしていろいろと主人の思い出を語って讃《たた》えてくださいました。

最後に私にも何か話すようにといわれました。

私は、昨年この同じ場所で、主人の誕生日のための室内楽の大パーティを開いてくださったことへの感謝、そして今年はこんな素晴らしい告別演奏会を開いてくださった皆さまの友情の深さに対して、心をこめてお礼を申し上げました。

　このとき、私は生まれて初めて大勢の人の前で話をしたのです。でもちっともあがりませんでした。皆さまもとてもほめてくださいました。

　ホテルのバイキングさながらの贅沢《ぜいたく》な山のようなご馳走《ちそう》をいただきながら、話のつきることがなく、一望のもとに見下ろすロサンゼルスの夜景は、花火のようでした。

　輝くような室内楽の音色が、いつまでもいつまでも私の耳に残っています。

　そしてロスにいる間に、ニューヨークにいる友人の高柳さんから何度か電話があり、

「日本にまっすぐに帰らないで、ニューヨークに寄ってくださらない？　日米合同教会や日本人学校や婦人会で話をしてほしいの。みんなぜひぜひって待っているから……」

といわれました。初めはとても無理だと思いました。今まで講演会などに出たことがないのはもちろんのこと、子供の学校のＰＴＡでさえ話をしたことがありませんでしたから。

　でも、急いで帰っても主人はいないし、ニューヨークにもたくさんの友人がいます。日本を離れている方々に何かお話ができるかもしれないと思いました。聖書の、

「あなたの望むことは、すでに叶《かな》えられたと同じである。信じて祈りなさい」

という言葉も胸に浮かびました。

よいことではないけれど、「旅の恥はかき捨て」という言葉もあります。また、「朝子《ちょうこ》さん、今度はあなたの出番よ。元気を出してチョッちゃんらしくひとり歩きをしてね」と励ましてくれた友人の言葉もふと思い出しました。

日本から遠く離れたここなら子供たちにも迷惑がかからないし、勇気をもって当たってみよう。

そしてニューヨークで四回の講演、島田牧師さんのいるフィラデルフィアにもついでにぜひとおっしゃっていただいて二回の講演をして、これが私の予想もしなかった外国巡礼の始まりとなり、足がためとなったのでした。

日本に帰ってからも、講演をよく頼まれるようになりました。主婦と生活社から『チョッちゃんが行くわよ』を出させていただき、これが思いがけなく沢山の方に読んでいただけたということもあったのかもしれませんね。

そして、講演という仕事が私にとってそう辛いことでもないことも知りました。

私はちゃんと聖書の勉強もしていないし、子育てだって理論的にはっきりとした目標を持って育てたわけでもなく、まして立派な妻でもありませんでした。でも、クリスチャンの母に育てられたこと、芸術家特有の気むずかしい夫に仕えたこと、戦争をはさんで五人の家族を養ったことが、私の心の引き出しの中に体験という宝物となっておさまっていたのでしょうか。

原稿や講演の依頼がくると、私は今度はどの引き出しをあけてみようかと思い、書くこと、しゃべることに困ることがありません。

もちろん、どちらも下手ではありますけれど……。

角もシッポもある天使

ジェット藤田との出会い

そんなわけで、そろそろさくらんぼうがおいしくなるというころ、アメリカ、カナダへ講演の旅に出かけるのが恒例になりました。

今年の旅は、全米キリスト教会の会長さんであるジェット藤田とご一緒の行程も加わりました。藤田牧師のお噂《うわさ》は、もう十数年前からきいて尊敬していましたが、お目にかかったのは昨年が初めてでした。七十一歳。小柄なお体に、情熱や温かさ、人間がどうやったら楽しく生きられるか、それに手を貸したいという伝道者としての使命感があふれ出ていらして、パッショネートが看板の私もタジタジです。

日本人の多いロスで牧師さんとしての仕事や全米キリスト教会の会長さんとしての仕事のほか、宗派を問わず人々のよき相談相手として、東に病める人あれば駆けつけ、西に悩む者あれば飛んでいき……と、精力的に愛の活動をつづけられていて、その行動力、バイタリティのすごさから〝ジェット藤田〟の愛称で親しまれています。

昨年、ロスでの最初の講演には、驚いたことにテレビ局からも収録に来ていました。藤田牧師も来てくださっていて、私の話が面白いと子供のように手をたたいて喜んでくださいました。そうすることで私を励ましてくださったのだと思います。翌々日の日曜の午後には、藤田牧師の望みで合同ユナイテッドメソジスト教会での講演が予定されてもいましたから。

「日曜日は午前中の礼拝にも出てくださいよ」

とおっしゃって藤田牧師は教会の週報を渡してくださいました。週報の表紙には、私の好きなデューラーの『祈る手』のデッサンが刷られていて、私の『チョッちゃんが行くわよ』を読んでくださってのこととうれしく思いました。

お別れして平岡さんの家に帰り、週報を開いてみて、私は飛び上がるほど驚きました。

日曜の礼拝で牧師さんがするべき説教のところに、「私の信仰」と題して、黒柳朝の名前が書かれているではありませんか。

私は悲鳴に近い声をあげてしまいました。私は教壇に立つべき人間ではないし、そんな恐ろしいもったいないほどのことのできる者ではないもの。夜なので先生もご在宅と思い、さっそくお電話しました。

「先生、ご冗談がすぎますよ。おりさせていただきたいです」と申し上げました。先生は大丈夫、大丈夫とケラケラお笑いになるばかり。もう週報にも刷ってあるし、この期《ご》に及んで逃げ出すわけにもいかず、とにかくやるしかありません。

当日、教壇にのぼるとき、私のような者が立って神聖な教壇を汚しはしないかと内心おそれを感じましたが、聖書に、人を裁いてはいけないと書かれてあるのを思い出し、まあまあ神様に助けていただくしかないと思いました。

「私の信仰」というテーマですから、クリスチャンの母に育てられ、物心ついてまず神様に祈ることを教えられたことなどをお話ししました。

話しながら、藤田牧師のほうをちらちらと見ると、私の話をメモしていらして、私の話した以上に素晴らしく英語で情熱的に通訳してくださったのでした。この教会には日本語のわからない方も大勢いらっしゃるので、藤田牧師はいつも両方の言葉でお説教をなさるのです。

いよいよ午後には、前から予定されていた私の講演でした。信者以外の日系の方もたくさん集まってくださいました。

ところが、この席でまたまた思わぬハプニングがおこりました。藤田牧師が、

「黒柳さんをこの教会の名誉会員にしたいと思いますが、いかがでしょう」

と発言されたのです。何百人もの方たちがすぐさまVサインを出し、ＯＫ、賛成賛成とライブコンサートの若者のように手をあげて、私がぼう然と立ちつくしている間に満場一致で決定されてしまいました。

藤田牧師は、人のドギモを抜くことがお好きな方ですね。めんくらってしまいますよ。

お別れのとき、

「先生はジェットではなくマッハですね。いえいえ、もうコメットに決めましょう」

と、私は申し上げました。

神様を裏切ってはいないわ

お招きとはいえ、私のような者が教会で「信仰について」などと大それた講演をして歩く資格があるかどうか。私自身の今までの信仰生活を振り返ってみても、とても

そんな資格はないと思って苦しんでしまいます。

三年目といっても、けっして自信を持ってやっているわけではありません。

朝起きて夜寝るまで、子育ての大変さ、夫との深刻な葛藤《かっとう》……これでもかこれでもかと、辛いことが押しかけてきて、夢も希望もないほど悲しい日々もありました。

生きていることの喜びを心から感謝して床につく日が、どのくらいあったでしょうか。

祈っても祈っても、祈りの届かない悲しさに苦しむ日がつづいたこともあります。

私の母は、とても熱心なクリスチャンでした。私の母の母、つまり祖母は隠れキリシタンだったときいています。

私は物心ついて以来、母から叱《しか》られたことが一度もなく、母は子供を叱らないで自分を叱り、足りない部分は神様に助けていただきましょうといって祈る人でした。

「チョッちゃんもお祈りしなさい。神様はなんでも祈りをきいてくださるから」

といつもいわれました。でも、私は母のように祈ってばかりはいられない性格の人間です。

四人の子供と、子供以上に大変な夫をかかえて戦場のような毎日でしたから、祈るだけではこと足りませんでした。

「お米がないの」「ないと困るの」というとき、母はまず祈りましたが、私はお米を手に入れるために走り出していました。

子供が病気になったとき、祈る時間があったらまず病院にかつぎ込まなきゃ。かつぎ込む間にでも祈っているわよ、そういって母とよくケンカをしました。

母だって、もちろんただ祈っていたわけではありませんが、とにかく一度は座って祈りましょうといいました。私にはそれが形式主義のように、何かわざとらしく思えたのです。母親への反抗期だったのでしょうね。母さんのようには祈らないけれども、私は神様を裏切ってはいないわよとよくいいました。母は一生の間、私のためにどれだけ祈ってくれたことでしょう。母が亡くなって、私はあんなにいうことはなかったのに、と思えることばかりです。

そんな母のおかげで、いつも浮かんでくる言葉、心のよりどころにする言葉は、やはり聖書の中の言葉なのです。

そして、「どうぞ神様、至らない私を許してください。子供たちを守ってください」と私は自然に神様に話しかけるようにして祈ります。敬虔《けいけん》な信者さんがもし信仰のプロとするなら、私の祈り方はアマチュアなのだと思っています。

教会の信者さんで、どうしてもお酒がやめられなくて深酒をしてしまい、それを非難されている人がいるとします。彼はもし教会に行かなければ偽善者だといわれないですむのかもしれません。それならば、教会に行かなければよいのでしょうか？　私はそうは思いません。肉体が病んだとき、私たちは病院に行きます。病気を治してから病院に行く人がいるでしょうか？　体をきれいに洗ってからシャワーで洗い流す人がいるでしょうか？

　私にはやはり祈るしかないと思っています。

甦った隆太くん

ロスで三回の講演と二つのテレビを終えて、ニューヨークへ向かいました。出迎えてくださった高柳さんご夫妻は熱心なクリスチャンで、五番街でお土産《みやげ》屋さんを経営しています。三年前、最初に私を日米合同教会の講演に呼んでくださった方です。

　七月七日、まさに七夕さまの日に礼拝に出て、午後、今年で三回目になる講演をしました。教会員以外の方もたくさん集まってくださいました。初めて訪れて以来、ぜひ来年も来てくださいとたくさんの方々が日本へ手紙をくださって、はからずも私の外国巡礼が三年もつづけられているのです。

　次のフィラデルフィアには、島田牧師が待っていてくださいます。島田牧師のことはどんなにお話ししてもしきれないくらい、私にとって大切な先生です。

お年は四十五歳前後でお若く、かつて黒人街で、開拓伝道といって、教会を持たず街角に立って伝道されていました。ピストルの弾が顔をかすめたことも何回かあったとか。愛の力と行動に満ち満ちていられ、霊的な先生だといわれています。

三年前、「僕にとって素晴らしい人が二人、近いうちに訪れてくる気がする」と親しい高柳さんにおっしゃったそうです。

私が追悼演奏会のあとニューヨークに来るということをきいて、「あっ、そうだ、あの霊感の一人は黒柳さんなのだ！」と思われたとか。

高柳さんに「着いたらすぐ、僕に三日間だけ黒柳さんを貸してください」と頼んでこられ、そんないきさつがあって、私は島田牧師を訪れたのでした。そしてなんという神様のおはからいでしょうか。島田牧師との出会いは、私だけではなく、私の親戚《しんせき》でもある隆太くんの人生にも大きな光明を与えてくれました。

隆太くんは、先天性の短軀症《たんくしょう》で、思春期に入ってからそのハンディからくる悩みや恨みは、ずいぶん大きかったことと思います。夜中にオートバイを乗り回したり、高校も休みがち、彼をなんとか立ち直らせようとする両親の苦しみも大変なものでした。

私は、島田牧師に隆太くんのことを話しました。

「どうやって助けてあげたらよいかわからないのです」

すると先生は親指をパチンと鳴らして、すぐおっしゃったのです。

「朝さん、彼を私のところによこしてください。私に預けてみませんか。信仰とは勇気です」

隆太くんは渡米して、彼より年下の男の子の二人いる島田家の家族の一員となりました。高卒の資格がなくても入れるというカレッジも、奇跡的にといえるくらい運よく見つかり、彼は通学をはじめました。

といっても、もちろん授業はすべて英語です。追いついていくための勉強はそれは苦しいものでしたけれど、隆太くんはがんばりました。日本の高校にさえちゃんと通わなかった彼なのに、一日も休まずに。

日本では、身体障害を持って生まれた人に対して、先祖の業《ごう》とか因縁といい、そうでなくても、本人はもちろん家族に対して〝憐《あわ》れみ〟や〝同情の目〟で眺めます。

でも、キリスト教的考えが基盤にあるアメリカでは、

「神様は、この世の中にムダなものは、何一つおつくりにならない」

という聖書の考え方が浸透しています。障害者を見る目が全然違うのです。

そういう温かなアメリカ社会の空気と島田先生の愛の導きによって、隆太くんは自信を回復し、純粋でナイーブな美しい青年に甦《よみがえ》ったのでした。

渡米後一年目に里帰り帰国した隆太くんは、かつて彼が属していた教会などで話をしましたが、その変貌《へんぼう》の体験と、生きる喜びにあふれた輝くような顔は、どんな偉い牧師先生もかなわない素晴らしい伝道となりました。彼の話をきいて洗礼を受ける決心をした人が何人もいたということです。

彼のために長年祈りつづけた両親や私も、本当に幸せでうれしいことでした。そして、アメリカに行くと隆太くんに会えるという楽しみが加わりました。

いわゆる戦争花嫁といわれる方たちも、もう六十歳前後になられました。幸せな方、不幸を背負っている方、外見からはあまりよくわかりませんけれども、皆さま日本が恋しいというか、うらめしいほどの郷愁を持ちながら、帰りたくても帰れない方たちの多いこともわかりました。

講演のあと、いつも私のようなものの手をにぎって離さない一世、二世のお年を召した方々……私は十分にお慰めしてあげられない力の足りない者ですから、その手を振りきるようにしてお別れするのが辛いこともたびたびでした。

そして、聖書や讃美歌集の表紙を開いて、私のサインを求められ、私はそんなところにとてもサインできませんと申し上げ、最後の裏ページに、「思い出の愛と祈りをこめて」と書かせていただいています。

皆さまの健康とお幸せを心から祈り、私の体力のつづくかぎり、毎年旅をつづけましょうとお約束してお別れしてきます。

私のことをまるで天使のように扱ってくださいますけれど、私は聖書も不勉強ですし、人間もまだ未熟そのもの。小さな角もありシッポもある天使なのです。

昨年、帰国後、今度こそ本格的に英語を勉強し直そうと一大決心をし、外国語学校の英会話個人レッスンに大金をはたいて入学の手続きをしました。大枚のお金を払い込めば、お金惜しさにきっとがんばって勉強するのではないか、というネライもあったのでした。

さて、はじまってみるとレッスンはとても厳しく、紙一枚鉛筆一本持たせてもらえず、きき直すにも日本語はいっさいダメ。もちろん、私のいいかげんな英語では許してもらえません。緊張しっぱなしで肩はコチコチにこり、血圧は上がり、めまいのする思いでした。いっそ英会話が初めてならよかったのでしょうが、これまで我流でも一応通用してきたというのが、いちばん始末の悪いものなのですね。

私のほうは、楽しく叱られながらやっているうちになんとかなるのでは、という甘えもあったのですが、私のような生徒が相手では先生がお気の毒と思いました。私でさえ頭が割れそうになるのだから、先生のほうはきっと、私をどなるか頭の一つもポカンとやりたいんじゃないかと気が重くなり、結局、私はこのまま我流でやるしかない、せいぜい単語の数でも増やしたほうがいいのではないかと思い返しました。

受付で、

「もうやめます。お金は返して頂けますか？」

ときくのも、英語でいわなければならないありさまです。

こういうのを年寄りの冷や水というんでしょうか。年なんか忘れて、なんにでも意欲的に挑戦しようと思ったけれど、遅すぎた感じ。なんでもやればいいというものでもない、ちょっとばかり手が届かなかったなあ、と反省しています。

昔、主人のところによく、

「私はチゴイネルワイゼンもチャイコフスキーのコンツェルトも弾けます。でも、我流なので基礎からきちんと習いたいのです」

という人が舞い込んできたものです。

主人は一応その方のバイオリンを聴いてから、

「あなたはいいお仕事を持っていらっしゃるのだから、バイオリンは趣味としてこのままおつづけなさい。初めからやり直すのはムダな時間を使うだけだし、音楽が嫌いになりますよ」

といってお断りしていました。私の英語もこれだったんですね。

さいわい次女が、もったいないから、しばらく休んでいたフランス語をまたつづけたいと相談がまとまり、私の代わりに通いはじめて、彼女は楽しそうに生き生きと勉強をつづけています。

「若さにはかなわないのよねぇ」

このときばかりは、つくづくわが身のいたらなさを嘆きましたよ。来年はアメリカで英語で格好よく講演しよう、などとは大きすぎる望みでした。日本語の講演だってまだまだ不十分だというのに。

たしかにちゃんとした英語を勉強する必要は大いにあるけれど、私にはいい音楽を聴き、いい本を読み、いい映画を見たほうがずっと役に立つし、第一、楽しいことだと悟りました。

でも、失敗のないことは何もしないことと同じ。面白い経験だったし、別の意味でいい勉強になりました。

かたつむりのように自分は殻の中、まわりの様子を触角で探りながら用心深くそろりそろりと行くやり方は私の性に合わないみたい。やっぱりころぶのも恐れず、冷や水もなんのその、これからも「行くわよー」と元気に飛び出していくことにしましょう。

「あなたは偉大なるアマチュア」

この六月に島田牧師が日本に来られて、日本各地で講演し、東京にいらっしゃるときは私宅へ泊まっていってくださいました。

帰国後、こんな素晴らしい、うれしいお便りをいただきました。

《朝さん

今回は、本当に、本当にお世話になりました。おかげで、楽しい懐かしい思い出がいっぱいできました。

生きるとは、出会いだと思うのです。朝さんと話していると、フッフッと新しい朝さんに出会う。あなたは稀《まれ》にみる「生きている人」です。

帰ってすぐ、「信仰とは冒険である」という説教をしました。生命は型にはまると、すぐ死んでしまうのです。どんなに失敗しても、僕は常に夢見る命でありたい。帰りの飛行機の中で読んだポウル・トウルニエの本の中に、こんな文章がありました。

「開拓者とは、どのように振る舞ったらよいかを知らず、自分の霊感に頼る素人なのである。ペテロは漁師で、突然教会の最高位者に任ぜられた。私が素人の仕事にいつも強く魅《ひ》かれているのは、このためだと思う。

　私は、私の仕事場では素人であり、そこで木や金属をいじりまわすのは、無上の喜びなのである。私はまた、素人精神療法家であり、素人哲学者であり、素人講演者であり、素人作家である。さよう、私にとって本を書くということは、人にものを教えることでも、文学作品をものにすることでもなく、冒険を生きること、知れる知られざる読者たちとともに、冒険を生きることなのである……」

　朝さん

　あなたは、最もいい意味での偉大なる素人《アマチュア》です。あなたは型にはまろうとしないで、生命のおもむくままに自然に生きる。人々はそれを見て驚嘆します。実は自分たちもそう生きたかったのだと。

　下手にプロにならないでください。私もまた、常に素人《アマチュア》でありつづけたいと望む者です。既成の教会のタイプは目指しません。神様の生命に満ちあふれていたい。

紀明さん（私の次男）には驚きました。こんな心のきれいな人がいるのだろうか。腹わたのきれいな人。きっと彼のバイオリンの音は、やさしくエレガントでしょう。彼の人格そのものが、芸術作品です。

徹子さん（長女）や貴之さん（三男）やおヨメさんやみねさん（わが家のお手伝いさん）にもよろしく。スバラシイお家に泊めていただき感激。あんなおいしいシャケは、文字どおり生まれて初めて！　ウマカッタ!!》

二章　パパの残した宿題

神様のプログラム

ケンカ相手のパパに祈る

「パパ、私たちを守ってください」

バイオリンを除けば世界じゅうの何よりも〝うち〟が好きだったパパ……。

今は霊魂となって大きな力を持った天国のパパに、私たちは手を合わせ、心を合わせて祈りました。

パパの三回忌は、徹子をはじめ四人の子供たちと六人の孫たち、十一人全員が集まって、お墓参りをすることができました。

これから先、私たちの出会ういろいろな苦難にパパの大きな守りが必要です。生きているときには考えてもみなかったパパの大切さが、今になってしみじみと理解できるのです。

パパは一人で家にいるのが嫌いな人で、晩年、体が弱くなってからも、私が外出するときはいつでも一緒に出かけたがりました。遠く北海道のクラス会から、すぐ近くのスーパーやポストに行くのまで……。

私は花が大好きで、花の鉢を見るとつい買いたくなってしまいます。

パパと一緒の道々、欲しいなあと思ってのぞき込んでいると、

「買ったらいいよ、ママ。きれいじゃないか」

といつもすすめて買わせてくれたものです。

それでも、ちょっとした買い物にまでいちいち一緒では私もつい面倒なので、「すぐに帰ってくるから待っていて」と、近所にお惣菜《そうざい》などを買いに行き、大急ぎで帰ってくると、パパは家の前の石段にちょこんと腰かけて私を待っていました。

いつものことなので、うれしいとも思わず、

「子供じゃあるまいし、バカみたい」

といいました。

いま思い出しましたが、こんなこともありましたっけ。

私の母が存命のころ、弟から電話があって、母が急病で入院したという知らせを受けました。日ごろとても丈夫な母でしたから驚き、ともかく様子を見に飛んでいきました。五時か六時には帰ってくるからと出かけたのでしたが、夕方駅に降りるとホームのベンチにパパがぽつんと腰かけて待っていました。幼い子供のように私の帰りを

待ちきれなくて駅まで来てしまったのだと思い、かわいそうになりました。でも五十すぎの大人のすることでしょうか。おまけに家には本物の幼い子供を置いたままで……。母親の留守の間、子供を見ててやるということのできない人でした。

浮世の義理も世間体もない人ですから、友人や他人から見たら本当に純粋な人といわれるのも当然でした。

ふだんのパパはとてもカンシャク持ちで、何かが気にさわると突然のように怒りだします。バイオリニストとしてのパパは尊敬できるけれど、天才と何やらは紙一重で、とてもついていけないと思うこともしばしばでした。私も負けずに口答えするので、お互いよくも飽きずにケンカをしたものだと思います。泣いたり笑ったり、憎み合ったり、また仲直りしたり、よく五十三年もつづいたもの、夫婦ってそんなものなのでしょうか。

でも、そのパパも亡くなり、何もかも終わってしまいました。

いつもいつもパパから愛を求められていた私は、ある意味では女として幸せすぎるほどの幸福をもらっていたのかもしれないのに、パパ、ごめんなさい。

日が経つにつれて、ケンカ相手のパパが、だんだん、いい人に変わってきました。年月というもの、人間の死というものは、すべてを洗い流し、浄化するものなのですね。

神様は人の心を善に善にと変えてくださるものなのですね。これもみんな「愛の形」なのでしょうか。

墓守の責任ここにあり

黒柳の家は、江戸時代から日本橋で薬問屋をしていたそうです。百年近くも男の子に恵まれなかったため、娘にお婿《むこ》さんをもらったりして、どうやら古い家柄を守ってきたようでした。

パパのお母さんも一人娘で、黒柳の家を継がなければならない立場でしたが、田口という本所（東京都墨田区）で医者を営む、熱心なクリスチャンでもあった人と結ばれたため、結婚後に生まれた男子一人に黒柳の名を継がせてほしいと両親に遺言のように頼まれたそうです。

さいわい男の子三人に恵まれましたので、いちばん下のうちのパパが、黒柳の名を継ぐことになりました。昔は家名とか家紋とかがその人間の素性を証明するものとして大きな重みを持っていたのですね。

そんなわけで、幼いころから一つ家の中で一人だけ違う名字を名乗ることになったパパは、それに反発するかのように、名うての腕白小僧になりました。いたずらと名のつくものならありとあらゆる悪さをしたそうで、しつけの厳しいお父さまからよくお灸《きゅう》のお仕置きを受けたようです。体が真ん丸くなるほどに両手両足を縛られたこともあったとか。

どんなこらしめにもめげず臆《おく》せず、というよりも、やさしく愛されたいという寂しさや欲求不満からくる反抗が大いにあったのではないでしょうか。

兄たちや書生さんたちまで一緒になって、

「お前なんか、日本橋の橋の下で泣いている赤ん坊を拾ってきたんだ」とか、

「家の前に名前だけ書いて捨てられていたのを育ててやったんだ」とか、冗談まじりにずいぶんからかわれたようです。

「ウソだい、ウソだい」

と泣きわめくと、

「そんなら、なんでおまえの名字だけ、違うんだよ。本当だぞ！」

といわれるくやしさ、心細さ。兄弟じゅうでいちばん叱られるのは自分だし、本当かもしれないなあと、内心思っていたそうです。

十歳ぐらいのころ、お母さんにそっと、

「母さん、僕怒らないから、本当のこと教えて！」

と何度も真剣にきいたといいます。

　パパの性格にはどこか暗さがあるんじゃないかとときどき思ったけれど、子供のころのこんな疑問や悩みが投影しているのではと、ふとパパに同情することがありました。

　子供は、とくに五、六歳までは、安心できるしっかりした愛情の中で育てなければいけないと、それが子供が健全に明るく育つための肥やしになるともききました。

　木を育てるときの元肥えの大切さ、あとからいくら肥料をやっても立派な木には育たないと、植木屋さんにきいたことがありますもの。

　家名を絶やさないということも大切なことかもしれませんが、幼い子供の心の傷は当事者でなければわからないことなのですね。

　もしパパが黒柳の名を継がなければ、私は「田口朝」、徹子は「田口徹子」という名前になったのだと考えると、なんだかおかしいですね。

　黒柳家代々の墓は、浅草の近くの蔵前《くらまえ》にあります。

　生前、パパとお墓参りに行くと、パパは長いホースをお寺からお借りして水をかけながら、家から持っていったタワシで、墓石をごしごしと丁寧に洗いました。靴と靴下を脱ぎ、上着も脱いで、ズボンの裾《すそ》やワイシャツの袖《そで》をまくり上げ、一生懸命に洗います。私はお線香の束と樒《しきみ》を持ったまま、水のはねてこないところに立って、かいがいしいパパの働きぶりをただ見ているだけでした。

家では縦のものを横にもしない人が、お墓の石を洗うときだけは、威勢のよい江戸っ子ぶりを発揮していました。

「黒柳の名と墓守の責任ここにあり」

といった感じです。お母さんには孝行らしい孝行をしたことのない人でしたが、遺言だけは立派に守ったというわけです。

愛する人たち　ここに眠る

黒柳家のお墓から五メートルほど離れたところに、私の実家の門山と、伯父《おじ》の古山、両家のお墓があります。

古山の伯父さんは、私の母の兄で、私が北海道から上京して音楽学校へ入ったとき、下宿をしてずっとお世話になっていました。そのころは株式新聞の社長をしていましたが、晩年、脳いっ血で倒れ、長い病床生活を送りました。江戸っ子気質《かたぎ》のしっかり者で、しかも心根のやさしい伯母《おば》さんは、その間、本当に行き届いた看病をしていました。三日にあげずヒゲをそり、寝巻やシーツをいつもきれいに取り替えて、すがすがしい病床でした。お天気のいい日は廊下の椅子《いす》に伯父さんを腰かけさせて、ビニールの前掛けをかけ、バリカンで散髪をしてあげていました。小柄な伯母さんが、あの大柄な伯父さんをどうやってかかえて腰かけさせたのでしょう。やさしさと熱意がなくては十二、三年もの間寝たきりの病人を、あんなに大切に看病できるものではありません。私とパパがときどきお見舞いに行っても、十年来の看病に疲れたとか、大変だとか、グチのひと言も聞いたことはありませんでした。戦後の食糧のない時代にも、たとえ自分は食べなくても、伯父さんのためにはおいしいものをあれこれ工夫して食べさせていました。

　私が、「伯母さんは立派ねぇ」というと、

「いいえ、お父さんには一生懸命働いていただいて、私は贅沢もさせてもらったし、やさしくしてもらったから、今度は私がご恩返しをしなくちゃと思ってるのよ」

　といつもいうのでした。そんなことといっても、伯母さんだって神様と結婚したわけじゃなし、ご苦労はたくさんあったことと思います。

「私だったら、今こそ長年の仇討《かたきう》ち！　と思っちゃうわよ。とっても伯母さんのようにはできないわ」

といい、パパも帰りにはいつも、

「昭和の美談だよねぇ」

と感心していました。伯父さんは私にとって血のつながる身内でしたから、本当にありがたい思いでいっぱいでした。この伯父さんのお墓がまだ木の墓標のままになっていたのを、パパの三回忌でお墓参りに行ったとき、紀明が見つけて、「あんな木のぼっくいじゃ、なんだかかわいそうだねえ、墓石って高いものなの？　みんなで少しずつ出し合って小さな石にでもしてあげたら」といいました。

「ほんとにそうねえ」といってその日はそのまま家に帰ったものの、あのぼっくいのことが私の頭から離れませんでした。そして、そうだ！　とある決心をしたのです。山形にある私の両親のお墓をここへ移し、古山の伯父さんと一緒のお墓にしよう、そして弟たちの家族にもやがてこのお墓に入ってもらっては……と思いついたのです。

山形は遠くてなかなかお墓参りもできませんが、ここならパパのお墓とも近いし、子供たちにとっても、おじいちゃん、おばあちゃん、おじさんやおばさんたちのいる大切なお墓になります。私は急にうれしくなりました。

そうと決まったら善は急げで、私は家のお寺さんに紹介していただいた石屋さんに、さっそく電話をかけました。

話をきくと、石屋さんは、

「明日か明後日には、見本を持って伺いましょう」

というので、いろいろの墓石の見本をトラックに積んで鎌倉まで持ってくるのかと驚き、

「ここまで持ってきていただいても、うちには駐車場もないし、困るので、私のほうから伺いますから」

とあわてて断ると、石屋さんは電話の向こうでアハハハ……と笑いました。

「見本といっても小さなものですよ」

さて、当日、なるほど、見本は石屋さんの小さなカバンの中に幾種類も入っていました。

私が、「小さくてもいいから大理石にしたいの」というと、大理石は風雨にさらされると弱いから墓石には向きませんとのこと。

私は白いところにピンクがところどころ混じっている石を選び、高さは五十センチぐらい、横は六十センチぐらい、と注文しました。そして、

『愛する人たち　ここに眠る』

と柔らかい文字で横書きに彫ってほしいこと、右隅から真ん中へかけて百合の花を

二、三本——咲いている花と、つぼみも固いつぼみと、間もなく開きそうなつぼみ——左の隅には門山家、古山家と彫ってくださいとお願いしました。

紀明が、「あんな木のぼっくいじゃかわいそうだねえ」といったひと言が、私にこんな大きな幸せな仕事をさせてくれたのです。神様のおつくりになるプログラムには、感謝のひと言につきます。

このことをいちばん喜んでくれたのは伯母さんでした。伯母さんは今年八十六歳、体は健康ですが目が不自由になり、みんなの説明をききながら、新しいピンクの墓石を何度も何度も手でなでていました。伯母さんは一人娘の節子さんがお嫁に行ってしまったので、

「お墓をつくってもお父さんと二人ぼっちのお墓になってしまうし」

といつも嘆いていましたが、

「兄妹同士同じお墓に入れるなんて、にぎやかになって、こんなうれしいことはないわ。節子がお参りに来たときは、そちらのお墓にもお参りしてお花を差し上げますよ」

「そうね、お互いさまですよ」

と私もいいました。

パパの三回忌のとき、紀明の家族は一番乗りしてお寺に着き、お墓を洗ってくれていました。彼はパパがしていたのを小さいころから見ていたのでしょうか。パパがやっていたとおり、足元にはホースが置いてあり、靴の中には靴下がつっ込んでありました。やはり子供というものは、親のしたことを受け継いでいくものなのですね。教える必要もないほどに。

この新しいお墓のことは子供たちに知らせずに、秋のお彼岸のときまで、私のとっておきの秘密にしておこうと思っています。

「誰がいつのまにつくったのかしらねえ」

ときっと驚き、でも、このお墓のデザインを見れば、

「ママに決まってる」

というでしょう。

遠い日々をそれぞれ精いっぱいに生きた懐かしい人たち。『愛する人たち　ここに眠る』――私の捧《ささ》げる鎮魂詩です。

私もやがていつの日か、みんなの心の中に何かを残して旅立つのでしょうか。できそこないの親でしたけれど……。

愛を深めるために

たまには請求書がほしいね

新婚時代、昭和五、六年ごろでしたが、パパと私はダブルベッドにやすんでいました。それが私の悩みのタネでした。

「私たち、もう何十年もダブルベッドよ」という友人は私のまわりにもたくさんいます。私はそれをきくと感嘆してしまったものです。

なぜって……手がさわり足が触れ、そんな危ないことをしていたら、うちのパパなんか〝食欲〟が進んじゃってどうしようもないもの。

私がそういうと、

「まあ、うらやましいわ」

といわれてしまいます。

でも、何ごともほどほどがいいのであって、うちのパパときたら、おおげさにいえば〝喜びも悲しみもアレ〟で、「僕はアレが三度の飯よりも好き」だとか、「人生、アレがなかったら死んだほうがまし」と私にいってはばからない人でした。

男の人が欲望のためにお金で女の人を求めに行くなんて、カマトトみたいですが、ずいぶん長い間、私には想像もつかないことでした。

人類が滅びないために、神様は男性から羞恥心《しゅうちしん》を取り上げてしまったのでしょうか。

神様といえば、こんなお話をきいたことがあります。

この世の初めに、雌雄の交わり方をつかさどる神様が、いろいろと取り決めをしてくださることになり、まず犬が、神様のところにお伺いに行きました。

「私たちは、一年のうち、いつごろ愛し合えばいいでしょうか？」

「そうだなあ、お前たちは春と秋がよろしかろう」

猫が行き、ウサギが行き、クマが行きました。

「クマよ、おまえは長い冬の間、雪の下で眠っていて時間がたっぷりあろうから、冬がよかろう」

パンダも行きました。

「おまえは体は大きいけれど、とても繊細な質《たち》だから、赤ん坊は魚の子供のように小さいのにしてあげよう」

などと、それぞれの気性や体質に合わせて、こまやかな心づかいをしてくださいました。

そんなわけで、すべての動物が次々とお伺いを立てに行ったものですから、最後に人間が行ったときには、さすがの神様もすっかりお疲れになってしまって、

「人間よ。おまえたちは頭がいいから、いつでも好きなときに好きなようにすればよい」

そんな次第で、人間だけはオールシーズン愛し合うことが許されたのだということです。

お互いの愛を確かめ合うために、愛を深めるために、そして、人生の長い辛い旅路をいつでも慰め合うために、神様は素晴らしい贈り物をくださったのですね。

パパは、私と結婚してからは、一度も浮気をしたことがありませんでした。と、私は自信を持っていうことができます。

いつかテレビで、浮気をしたことのない男性なんてありえないといっていましたが、もし本当なら、そんな本能を持って生まれてくる男の人って本当に悲しいこと。わが家では浮気をしない〝シワ寄せ〟というかストレスが、全部私にきているんだなあと思ったものです。

もちろん、男性は悲しいどころか、誇りに思っているのでしょうけれど、それがあ

まりに大好きな男性と結婚した女性は、はたしてどうでしょう。私はいつも人間にだってシーズンオフがあればいいのに、いっそ、アレのない国へ行きたいと思っていましたもの。

パパは私に、

「いっぺんぐらいママからも請求書を出してみろよ」

といいました。私は手を振って、

「とんでもない。パパは払いがよすぎるから、請求書なんて出すひまないわ」

と答えたものです。

満たされすぎても……

パパは、十五、六歳のとき、もうすでにバイオリンのプロとしてお金を得ていましたので、私と結婚するまでに、もう世の中の遊びという遊びは卒業していたようでした。

十歳も年上の女流画家と同棲《どうせい》したり、当時は赤線華やかな時代でしたので、横浜の本牧《ほんもく》にあった「卓袱屋《ちゃぶや》」というところに、お金のあるかぎり泊まり込んでいたとかいっていました。

私は女の人をお金で買うということが不思議でたまらなかったので、「いったいどういうふうにしてそれをお願いするの？」ときいたことがあります。パパは、喜んで（？）一部始終を教えてくれました。きいているうちに、私は自分からききたがったくせに、すっかり腹が立ってしまいました。だって、同じ〝材料〟を使って、あちらにもこちらにも……。ほんとにパパというか男の人は不潔だわとプンプンの私。

もっとも、パパのほうも、一晩泊まって朝帰りするとき、ちょうど通学の時間にぶつかったりすると、すれ違う制服の女学生がまるで天使のように見え、自分がうす汚れているようで胸を痛めたもんだといっていました。

結婚十五年目ぐらいにパパは召集され、終戦後シベリアで捕虜になって五年間も生死さえ不明でした。

厳寒のシベリアから、特別頑強な体でもないパパが無事に帰ってきてくれたとき、私はどんなに神様に感謝したことでしょう。でも、それからは、ベッドはツインにしてもらいました。ベッドを離すことが私の念願でしたから。長い間の抑留生活のあげくでしたから、パパの食欲はほんとに旺盛《おうせい》でした。私はまたまた大変でした。

パパはなにしろ好きですから、私をその気にさせるのに懇切丁寧です。私が子供たちの心配ごとやお金の苦労をひきずって考え込んでいると、とても機嫌の悪い人でした。パパはバイオリンをやっているときはそれに夢中で、ベッドに入ればこちらに夢中。切り替えがよいというのか、何もかも忘れて没入することでいろいろなストレスをすっかり発散させていたのでしょう。

　私のほうは、これはこれ、あれはあれと切り替えのできない融合人間なので、いつもいつもでは、ありがた迷惑なのでした。

「今はイヤ！」といってパパのほっぺたを殴りつけ、足で蹴《け》とばせたらどんなにいい気持ちだろうなと思ったことも何度かありました。満たされすぎてもヒステリーぎみになるものです。

　パパは、ケンカの仲直りもいつもアレです。私は、気持ちがすっきり晴れないことには、とてもそんな気にはなれないけれど、パパは、たとえケンカの途中でも、どんなときでも、私が求めたら、すぐ応じて仲直りしたと思います。亡くなった今でも、まだまだアレが足りなかったといって出てきそうです。

　昔、『百万円もらったら』という外国映画を見ました。

　最高級のガラス器や陶器を売る店に、貧しい青年が勤めています。青年は、もしお金に換算したら自分よりもはるかに高価につくそれらの品物を手入れしているとき、うっかり落として壊してしまい、店の主人から弁償しろと口汚くののしられます。

もしも百万円もらってお金持ちになったら、それらの美しい品々を長い鉄パイプで片っぱしからたたき壊したい――というのが彼の夢。

そして、この青年とはどんな関係だったのかは忘れましたが、美しい魅惑的な娼《しょう》婦《ふ》が登場します。彼女のベッドはお客さまに一夜の快楽を提供するための美しい刺《し》繍《しゅう》入りのシーツや布団、二つの枕《まくら》、そして、彼女自身も夢のような絹の寝巻を着ています。

もしも百万円もらったら――彼女は贅沢なそれらの品々をポンポンとほうり投げ、簡素なベッドに糊《のり》のきいた木綿のシーツ、枕は一つ、ネルのパジャマを着てすがすがしく眠っているというシーンが映し出されました。

こっけいでしたが、「ワカル、ワカル」と思いました。価値観って、状況によって変わるものですよね。私の長年の悩みだって、人から見れば罰があたるような、もったいないとか、羨《うらや》ましいとかいうことになるのでしょうか。

数年がかりのベッド戦争

パパのことをいつもバイオリン一筋の人と書いてきましたが、このことがありますから、二筋の人といい直さなくてはなりませんね。

腹上死というのがある、ときいていました。パパだったらありそうなこと、そんな名誉なことになったら、私はパパをひきずってパパのベッドまで置いてこなきゃならないし、警察にも殺人罪で調べられないものでもないわ、といってはパパをおどかしました。

私は是が非でも、自分の部屋にベッドを移す計画を立てはじめました。もちろん、パパはとんでもない、断固阻止の構えですから、ケンカのたびに、「私はあなたと一緒に寝るのはイヤだから」とほのめかし、それはもう何年もかかって闘い取ったという感じでした。やっと移したと思ったら、私の留守の間に戻してあって、「ベッドを離してくれなければ二度と家には帰りません」と書き置きをして家出したりもしました。

私は夜、寝つくのが遅いので、手紙を書いたり、本を読んだり、徹子たちと電話でおしゃべりしたりします。同じ部屋でそんなことをすればパパの睡眠を妨げますから、気がねなく明かりをつけ、音をたてたりして、自分の部屋でのんびり自由にナイトタイムを過ごしたいのです。そう説明しても、パパはなかなか納得してくれません。赤ん坊がお母さんのお乳から引き離されたような、大切なぬいぐるみを取り上げられたときのような悲しそうな顔をするのでした。

今はもうそんな争いもない生活になり、バンザイのはずですが、パパがかわいそうだったような気もしてしまいます。

私はいつもパパの愛に追いかけられて飽食に苦しめられましたが、これとは逆に、旦那《だんな》さまのほうが奥さまの求愛に報いられなくて恐怖の夜を迎える方もあるというお話をききます。

奥さまからの襲撃から逃れるために、夜遅くお酒を飲んで帰り、酔ったふりをしてタヌキ寝入りをするとか、わざと大イビキをかいてみせるとか……。

感情的なすれ違いがあって、片方がお義理に感じるようでは困るけれど、両方が満足するのはなかなかむずかしいことなのですね。

旦那さまがハードなむずかしい仕事に打ち込んでいて、肉体がそっちのほうへ向かないことも長い人生の間には当然あるでしょうし、一方、奥さまのほうは今夜は肌のぬくもりが欲しいという情緒に揺すぶられているのに、その気持ちをくみとってもらえないのでは寂しく感じるのも当然です。

そういうときは、たとえ体は結び合わなくとも、心を結び合わせる知恵が大切なのだと思います。パパも本当は寂しい人で、私ともっともっと心のつながりを求めていたのかもしれません。生前の一緒に写っている写真を見ると、どの写真もパパは私に寄り添い、肩に手をかけているのですから。

庭に植えたキーウィが、四年目の昨年、みごとに白い花をたくさん咲かせました。キーウィは雌《めす》の木二本と雄《おす》の木一本を対にして植えなければ実をつけないときいて、そのとおりに植えました。

私は欲ばりですから、なるべくたくさん実をならせたいと思って、雄花と雌花の花粉を自分で交配してみようと思いました。チョウやハチやいろいろな虫の姿もあまり見かけなくなりましたから。

わざわざ新しい筆を買ってきて、さて、花の前に立ってみたものの、一面真っ白で、どれが雄花やら雌花やら見分けがつきません。「これではとても無理」とあきらめて、自然にまかせることにしました。

そして思いました。「きっと土の中で雄の根っこと雌の根っこがからみ合って実がなるのかもしれないわ」と。

夏のころ、小さな丸いジャガイモのような実が三百近くもなり、日に日に大きくなっていきます。私はうれしくて、お客さまが見えるたび、靴を脱ぐ前に裏庭に案内しては自慢しました。食べごろになると、遠くの友人や親戚に、枝ごと切って宅配便で送ったりもしました。裏ごしにしてレモン汁を少し加えてジャムをたくさん作りましたし、ジュースもどっさり作りました。

そんなある日、タクシーに乗って植物にくわしい運転手さんに出会いました。私はキーウィの話をして、「どうして実をつけるのかしら？　あまり虫も来ていなかったのに、不思議でたまらないのだけど……」といいましたら、

「それは雄のつると雌のつるがからみ合って実がなるんですよ。あいつとあいつがつるんでるというのは、キーウィからきているんですよ」

と自信ありげに教えてくれました。

本当でしょうか。

私はまた、悪いことって人に隠れてするものだから、根っこ同士が土の中で……なんてあらぬ想像をしましたけれど、そんなことを考えた自分がおかしくなりました。生きとし生けるものがふえていくのは自然の摂理というもので、私が余計な心配をすることもなかったのでした。

それにしても、いつの世も、恨み、つらみ、切った、張ったの人間の争いには、いつも「性」がからんでいるような気がするのは私の思いすごしでしょうか。でも、それだけ、人間とは切っても切れない大切なことなのでしょうね。

性をつかさどる神様がもっと人間のこともうまく考えてくださればよかったのに。

母の日の手紙

パパは子煩悩で、徹子を目の中に入れても痛くないほどかわいがりました。それはいいのですが、ふざけだすときりがなくなり、くすぐったり、犬ころみたいに取っ組み合ったり、そのうち徹子が幼児で自分がパパであることを忘れてしまうのですから、あきれてしまいます。

いつも最後はケンカになり、パパが本気でどなり、徹子が泣くというのがお定まりのコースでした。

徹子が三歳ごろのこと。二人がベランダで遊んでいて、ちょっと高いところに徹子をのせておいて、飛び降りるのをパパがキャッチボールのように受けとめるという遊びに興じていました。二人の騒ぐ声がいちだんと高くなってきたので、私はこのまま無事におさまるとは思えず、ハラハラしていました。

案の定、飛び降りる徹子を受けとめそこねたのか、ドッタン、ギャーッという叫び声。徹子のおでこやほっぺたからみるみる血がにじみ出しました。

さあ、大変です。パパは気が動顛《どうてん》してどうしていいかわからなくなり、心配なのと

かわいそうなのとが怒りとなって爆発し、

「いつもこうなんだから」

という私に向かって、そばにあった灰皿をつかむと、はっしと投げつけました。私は身をかわし、それがご丁寧にも後ろにいた徹子の血のにじみ出ているおでこに命中してしまったのですから、ダブルパンチの徹子こそ、泣きっ面に灰皿、悲惨のかぎりです。

おでこに今度は大きなタンコブまでできてしまいました。あとは夫婦喧嘩《げんか》です。

こんなふうにパパの愛し方というのは、もうめちゃくちゃでしたが、子供たちはパパがどんなに自分たちを愛していたかということはよくわかっていて、まして亡くなってみればいろいろな出来事を超えて、ただただ懐かしがってくれます。子供というものはありがたいものですね。

そして、紀明には、それが当然のようにバイオリンを仕込み、それは鬼のように厳しいレッスンの繰り返しでした。

レッスン中、紀明の顔が、鼻と涙でビショビショになるのはいつものことでした。

遊びたい盛りの男の子に、それもいちばんやりたくないことをさせるのですから、かわいそうなことでした。私は、

「世の中にバイオリンしかないわけじゃなし。本人が好きでもないものをなんで無理にやらせようとするの」

と、よくパパにくってかかりました。パパは、

「僕には子供に残してやる財産は何もないのだ。好きでも嫌いでもこうして何年かやっていれば、いつかこれで飯が食えるんだ。僕の唯一の遺産だから……」

というのが、口ぐせでした。

本当によく耐えたと思います。涙を拭《ふ》いて、自分のいちばんかわいがっている犬と寂しそうに遊んでいる息子が不憫《ふびん》でたまりませんでした。

あるとき、あまりひどいので、とうとう私は紀明のバイオリンをひったくり、

「もうやめて。私がたたき壊してあげるから。人間誰だって食べていくぐらいはできるんだから、この子のやりたいようにやらしてあげなさいよ。この子の人生はこの子のものよ。人に押しつけられた仕事をすることはないんだから」

と、本気で怒り、バイオリンをたたき壊そうと思いました。

そのとき、紀明は、私からバイオリンを取り上げて、

「僕やるよ。ちゃんと勉強しない僕が悪いんだから」

と、泣きながらいいました。そんな争いのときは、地獄のように思えました。

一つの峠《とうげ》を越せば、またその先の峠、またその先の……と、むずかしい曲に立ち向かっていかなければならないのが芸の道です。好きでやってさえ、なかなかプロになれるものではありません。長い時間練習すればそれでいいわけでもないのです。

持って生まれた才能や感性が必要ですし、また七、八歳のころすでに驚くほどのひらめきを持っていても、必ずそのまま成功するものでもないのです。

でも、とても素直な子でしたから、やめればパパが寂しがると思ってよく耐えて、どうやらプロになることができました。

外国へ修業に行って、久しぶりに里帰りしたときのこと。紀明は、

「今、ブラームスの四重奏をやってるから、パパ、ちょっと聴いてみて」

といって弾きはじめました。親孝行のつもりで……と私は思いました。

「そうかあ」などとパパはいっていましたが、さあそれからが大変です。

「なんだ、そんなことでよく月給もらってるもんだ！」

と怒りはじめ、何度も弾き直しをさせて、何時間たっても終わることはありませんでした。

でも、今、紀明は、当時を振り返って、こんなふうにいっています。

「オヤジさんはあんなにいやがっていて、才能もない僕に、よくもあれだけ厳しく熱

心に教えてくれたもんだね。パパだって、僕に教えないほうがどんなに楽だったかわからないもの。

それとも、パパは、音楽ほど素晴らしいものはないと思っていたから、食わず嫌いをなおしてやろうと思ったのだろうか。僕はずいぶん泣いたけれど、本当に泣きたいのはパパだったろうと思うよ。音楽に対してのパパの忍耐強さには、本当に敬服するよ」

紀明はもし、バイオリニストにならなかったら、何になったかわからないけれど、今の自分を決して不幸だとは思っていないと思います。生きていくことは、どの道を選んだとしても、容易でないことなのですから。でも、紀明は自分の子供たちには、無理に音楽をすすめず、教えず、自由な道を選ばせているようです。

主人も、年をとってからは、紀明が訪ねてくれるのを何よりも楽しみにし、「おまえの音はとてもいい」とか、ストラディバリウスの楽器の話、楽器製作者の話、演奏家の話と、この親子のバイオリンについての話はつきることがなく、長い楽しい時間を過ごしました。

昨年の母の日、紀明から分厚い速達が届きました。花模様ばかりのいろいろな種類の記念切手が十二枚もはってあって、封筒の裏に、

〝カーネーションの花はみんながいっぱい贈るでしょうから、僕は花の好きなママに花の切手をたくさんはって送ります〟

と書いてありました。紀明の手紙はいつも本当にやさしく胸を打たれるもので、こんなことが書かれていました。

《……ママ、ママ、僕が二十歳のとき、みんなの反対を押し切ってヨーロッパに勉強に出してくださったことを、ほんとうにありがたく感謝しています。外国の友人たち、本場の音楽、美しい巨匠の絵や風景……それらとともに過ごした十余年間は、お金では買えない貴重な体験でした。

そして何よりも、それまで父上から教えられたことが実に素晴らしい〝ほんもの〟であったことを、ヨーロッパの先生方の指導を受けて、はっきりと知ることができました。

子供のころからバイオリンの勉強は、いやになるほど教わったけれど、僕はそのありがたさ、価値が見出せなかったのです。

それは食べたくないときに、他人からふるまわれたどんな素晴らしいご馳走よりも、自分で働き自分の懐からお金を出して食べたもののほうがおいしく感じられるのと同じことなのでしょう。そのことを僕はヨーロッパで悟ったのです。それはママからいただいた大きな大きな収穫でした。そして、僕の拙《つたな》いバイオリンで、外国のオーケストラで飯が食べられたことは、他国に行って初めて体験できた大切な宝ものなのです。

ママ、本当にありがとう、どんなに感謝してもしきれないほどです。

毎日、Ｎ響で、外国人の指揮者が僕たちにいろいろ注文しても、僕にはそれが耳にきこえるのでなく、心で理解できるのです。だから機会ができたら広い世界を見せてやりたいのです。私の子供たちにも。

私は姉上のように力もなく、世界の平和を祈るほどの余裕もなく、何もできない不甲斐《ふがい》なさを感じておりますが、せめて家庭だけでも楽しく平和に暮らしたいと思っています。

先日は全員そろって父上の墓参りができてとてもうれしかったです。でも、パパがお墓の前でもう一度レッスンしてやるといっても、それはＮＯです。

本当に困ったものです。人間というものは。いえ、僕という人間は。

しかし、このごろ僕は心から必死でバイオリンを練習しています。それは楽しくやっているわけではなく、やってると仕事が楽だからです。多少とも余裕を持って仕事ができるからです。この余裕という代物の重みたるや大変なものなんですよ。

ママもまた本を書いているようだけど、姉上や僕たちの迷惑になるのではないかとママはいつも気をつかっているけれど、大いばりで書いてください。ママとパパが結婚しなかったら、姉上や僕たちは生まれなかったのですから。

姉上の努力と優しさには本当にいつも心から敬服しています。

今、ママが前に入院して手術することになった日のことを思い出しています。パパや友理や僕たちが手術室の前に立って待っていたら、ママが真っ白なシーツにくるまって車のついたベッドで運ばれてきた。ママは僕たちをみると〝心配しないで〟というように白いきれいな手を振って、手術室の中に入っていった。バタンと手術室のドアが閉まったとたん、僕たちはみんなワアワアと声をあげて泣いたっけ。ママの健気さに泣かされたんだよねえ。あの光景は一生忘れないよ。

今は元気にいろいろな仕事で忙しそうで、ほんとうにうれしいよ。

じゃあ、ママ、元気でね。

母の日を想いつつ　貴女の息子より》

パパと遊んであげる

末息子は、主人がシベリアから帰ってきてから生まれた、私の四十七歳のときの子供です。男の子を一人亡くしているので、天にも昇るぐらいの喜びでした。

パパは、この子と相撲をとっては、スッテンコロリンと負けてやり、〝強い強い〟と両手をたたいてほめました。私や他の兄姉が叱っている声などをききつけると、「どうした、どうした」と奥から飛び出してきてかばいます。欲しがる玩具《がんぐ》はなんでも買ってやり、約束したものはどんなに回り道をしても買って帰りました。

貴之が六、七歳のころ、デパートに自動車を買いに行ったことがありました。パパはすぐ大きくなるからと、まだ乗れないほど立派な大きな自動車を買いたがります。

私は値段も高いし、子供は形さえあればそれで満足なので、適当なものを買おうと思っていますから、売場でケンカになりました。パパは、私を「ケチ」とかなんとかどなって一人でどんどん帰ってしまいました。子供は泣きだすし、見物人（？）にも恥ずかしい思いをして、いちばん小さなかわいいのを配達してもらうことにし、子供も納得して帰ってきました。

二、三日後、車が配達されてくると、パパはもうあのときのことはケロッと忘れて、「これでいい、これでいい。うれしいかい、うれしいかい」といって、子供と一緒に遊んでいます。こんなことは毎度のことでした。よくもこう、ころころと気が変わるものですね。

この子は、こんな調子で、本当によくパパと遊んであげました。パパが六十、七十になっても、取っ組み合いをしてじゃれ合っていました。

晩年のパパはほとんどベッドの上にいて、バイオリンを弾いたり、磨いたり、テレビを見たりしていましたが、貴之は、大のくすぐったがりやのパパの足の裏をコチョコチョとやります。いきなりですから、パパは悲鳴をあげ、「よせよ、よせよ、パパは動くと苦しいんだから」といっているのに、脇《わき》の下や首のあたりまでくすぐりまくり、二人で笑いころげながらドタンバタンとやっていました。

あるときは、頭のほうにそっと回り、てっぺんの禿《は》げてるところをチョロチョロとやって、キャアキャアとじゃれ合っていました。

「いいかげんにしなさいよ。パパはもうおじいさんなんだから」

といっても、楽しそうにやっていました。息子は二十五歳で、パパは七十歳すぎていて、こんな親子もあるのですね。貴之はきっと親孝行のつもりだったのでしょう。

徹子たちと違って最後はどちらかが泣くということもなく、私は、貴之に、

「パパと遊んであげたのねえ」

といつもいいました。紀明の子供のころは、パパと遊ぶどころか、レッスンのとき以外は怖くて近寄りもしませんでしたから、パパと貴之がじゃれ合うのをみると、

「僕には信じられない光景だよ」

といっていました。幸せなパパでした。


パパは七十歳すぎてから、あごの下にちょっと長くてよく似合うヒゲをはやし、好々爺《こうこうや》ふうの静かなハイカラな老人になり、あまり痩《や》せもせず、安らかないい相《そう》をして亡くなりました。

鎌倉の日本キリスト教団、雪の下教会で、加藤常昭牧師の司会のもとに、質素だけれど心温まる素晴らしい葬儀をしていただきました。お棺にかけた黒いビロードのカバーには、銀色の十字架だけが刺繍してあり、胸のあたりにパパが何よりも愛しつづけたバイオリンと弓を飾りました。

式の最後に、紀明が皆さまにご挨拶をしました。お忙しい中、お集まりいただいたお礼をのべ、
《私は、N響の練習中に知らせを受けて、大急ぎで、車に乗れるところは乗り、走

れるところは走って、病院に駆けつけましたが、意識のあるうちには間にあいませんでした。

しかしもし意識があったら、父は私たち一人一人に何を言い残していっただろうと、その思いをこれからの宿題にしていきたいと思っています》

と結びました。

三章　私の『舞踏会の手帖』

千人の天使の住んでいた島

チャプレンさんとの出会い

そのうす水色の教会は、高い高い塔の先に十字架がきらめき、私たちが今まで見たこともない美しい建物でした。

チャプレンさんに初めて出会ったのは、戦後まもなくのころで、私たちは青森県の諏訪《すわ》の平《たいら》駅の近くの、青物市場の物置を改造して住んでいました。近くの八戸《はちのへ》にアメリカ進駐軍の大キャンプができ、汽車には毎日アメリカの兵隊さんがいっぱい乗って移動してくるのが見えました。

そのまま通過することもあり、何かの都合で駅に停《と》まることもありました。汽車が停まると近所の子供たちが群がって、「チョコレートちょうだい」「チューインガムちょうだい」と叫んで手を出しています。楽しいような侘《わび》しいような複雑な気持ちでした。

これからの日本は、私たちの生活は、どう変わっていくのか見当もつかない時代でした。

　男の人は若い人も年寄りも徴用という形で八戸のキャンプに出稼ぎみたいに通いはじめ、キャンプの様子がだんだんわかってきました。キャンプには二千五百人くらいの兵隊さんがいること、大きな病院や教会、映画館、劇場、図書館、モンキーハウス（兵隊さんの留置場）、ＰＸ（スーパーマーケット）などがあること……。

　そしてある日、こんな話が私のところに持ち込まれました。

　アメリカの軍属の女の人が十二、三人寝泊まりする宿舎があって、一部屋に一人ずつ住むので、部屋の準備というか、今でいう室内装飾をしてほしい。カーペット、カーテンなど材料は山ほどあるので自由に使っていい、洗濯は機械があるけれども、ときにはアイロンかけぐらいは手伝ってほしいということでした。そして、月給は日本政府から支払われるということでした。

　さっそく従妹《いとこ》の節子さんと相談し、行ってみようということにきまりました。みんなみすぼらしい格好だったと思いますが、ブラウスにスカート、運動靴という通勤スタイルで毎朝八時に汽車に乗り、五時まで働きました。

　ベティさん、パットさん、ダイアナさん……それぞれ個性的な人たちでした。

　一人一人にカーテンやカーペットの色とか、フリルをどんなふうにつけるとかの好みをきいて、さっそく作りはじめました。

まずカーテンがないことには外から丸見えですから、大至急みんなで（十四、五人）朝から晩までミシンを踏みました。私はここでとても貴重な勉強をしました。

遠慮深い人、わがままでヒステリックな人、インテリな人……女性にいろいろなタイプがあることはいずこの国も同じだということ。

私たちに用を頼むのにも丁寧に「ほんとにすまないけれど……」といって頼む人、「ちょっとこれやって」式の人、頼む勇気がなくて自分で下手なお裁縫をする人……いろいろでした。

一か月も経つとみんなうちとけて、とても楽しく、仕事もスムーズにはかどるようになりました。

この宿舎から三十メートルぐらい離れたところに、見上げるように高い塔の先に十字架のついた立派な教会がありました。一度だけでも中へ入ってみたいものだと思いながら、毎日眺めていました。

二月のある朝、雪の道を宿舎に急いでいるとき、

「グッドモーニング、チョウ」

と声をかけられ、私はびっくりしました。五十歳ぐらいのちょっと小太りの人で、

軍服の肩に少佐のバッジがついていました。

私の名前を知っている。この人は何者だろうか、胸がドキドキして、私は頭を下げただけで急いで宿舎に入りました。その後もときどき教会の近くですれ違い、私はどこかで見張られているような気がしました。

教会には、戸田優子さんという東京女子大の英文科を出たばかりの若い女性がいて、通訳とタイプなどの事務の仕事をしていました。

私は親しくなった彼女に、

「誰もいないとき、ちょっとだけ教会の中を見せていただけないかしら」

とお願いしてみました。

彼女は、「いいと思うけど、私の上司のチャプレンさんにきいてみるわ」といいました。チャプレンさんというのは名前ではなく、軍隊や病院、学校などでカウンセラーのような仕事をする人で、もちろん牧師さんの資格もあるのだということをそのとき知りました。

二、三日してから許可がいただけたということで、わくわくしながら私は重い立派な教会のドアを押して中に入りました。

驚いたことに、優子さんのそばにニコニコして座っているチャプレンさんは、道で私に声をかけたあの少佐のおじさんではありませんか。彼のほうも私だとわかって驚いたようでした。

優子さんが、私の母も私もクリスチャンであること、主人が出征していること、三人の子供のいることなどを話して紹介してくださいました。

チャプレンさんは、日本の教会に伝道に行きたい希望を持っていることがわかり、それでは優子さんが通訳し、私が讃美歌を歌うというトリオでやりましょうなどと楽しい計画がすすみ、あっちこっちの小さな町の教会などで講演のお手伝いをするようになりました。チャプレンさんのお名前はジュエルさんといいました。

チャプレンさんは教会の仕事だけでなく、兵隊さんが町に出て車でおこした日本人とのトラブルやら、女の子との問題やらと、仲裁役というかうまくおさめる役をいつも精力的にやっていました。

若いたくさんの兵隊さんをとりしきるのですから、それなりの貫禄もあり、腕力もあったようでした。

クリスマスには、サンタクロースの赤い衣装をつけ、八戸の町や、教会や幼稚園の子供たちに自分のポケットマネーでトラック一台分ものプレゼントを配って歩きました。

彼は日本語が全然できないのに、よくああやって日本人の世界に、とくに当時の日本人はみんなみじめで汚らしかったのに、積極的に自然にとけ込んでいかれるものだと、いつも感心して見ていました。

私がろくに英語もできないのに、アメリカ、カナダなどへ講演して歩けることのルーツの一つは、当時のチャプレンさんの姿にあるような気がします。

八戸の郊外には、将校宿舎があって、私は優子さんとときどき、チャプレンさんの家のディナーに招待されていきました。

わらじのように大きなステーキなど何もかもが珍しく、デザートに出されたゼリーがもうなんともおいしくて、お代わりをしては奥さまを喜ばせました。

奥さまは、体格のいい、みるからに婦人伝道師といった感じの方で、七歳のフランク君と三歳のフラダメイちゃんというかわいいお子さんがいました。

「何か困っていることはないか？」

とチャプレンさんにきかれ、私は髪の毛のシラミが洗っても洗ってもとれないでかゆくて困っている話をしました。

すると彼は、

「あした午後一時に診察室に来なさい」

といい、私はそこの大きな洗面台で髪にいっぱい薬をつけてゴシゴシと彼の大きな手で洗われてしまいました。そのときはなぜかちっとも恥ずかしいとも思わず、ありがたいと思いました。

そして子供たちの頭もこうやって洗ってあげなさいといって、大きな瓶に入った薬をくださったのを憶えています。

それほど彼は大人であり、私を少しも恥ずかしくないように扱ってくださいました。

おかげで、わが家の悩みのシラミはすっかり退治できました。

やがて私は東京に小さな家を建てて家族とともに上京し、息の合った三人トリオの伝道も終わりを告げました。

あれから四十年が経ち、私はチャプレンのジュエルさんがどこでどんな人生を送られているのか、フランス映画『舞踏会の手帖《てちょう》』のように一度訪ねてみたいと思うようになりました。

優子さんに消息をきくと、彼はシアトルの近くのポートエンゼルに住んでいることがわかりました。

昨年の夏、三度目の〝七夕巡礼〟を終えて帰る途中、ニューヨークから、私は突然、四十年ぶりに彼の家に電話をかけたのでした。

女浮浪者に変身！

「ジュエルさんは、いらっしゃいますか？」

と私はいいました。

電話に出たのは、当のジュエルさんでした。

私は自分の名も告げず突然かけたのに、声ですぐに私とわかったらしく、驚きのあまりしばらく絶句したようにお返事がありませんでした。私が、

「ご迷惑でなかったら、明後日お伺いしたいんですが……」

というと、喜んでお待ちします、ポートエンゼルの空港まで迎えに行きましょう、と弾んだ声が返ってきました。四十年ぶりの再会に胸をときめかせながら、私と同行のみねさんは、ニューヨークからシアトル行きの直行便に乗り込みました。アメリカの真東から真西へ大陸横断です。七時間くらいかかったでしょうか。出発が一時間以上遅れたので、私もみねさんも気が気ではありませんでした。

シアトルでポートエンゼル行きの飛行機の最終便に乗り込まなければなりません。ポートエンゼルにはジュエルさんが出迎えてくださるというお約束をしてしまいましたから。

シアトルに着くと、私とみねさんは乗り換え場をききながら、走りに走りました。

でも、やっとたどりついたときは、最終便は出てしまったあとで、カウンターの電気も消え、女の人が一人、切符の整理をしていました。

「やっぱり時間どおり出てしまったんですね？」

と、一応未練たらしく聞き、がっかりしました。

時計を見るとすでに十二時近くになっています。今夜はシアトルでホテルを探して泊まり、明朝一番の飛行機で行くよりしかたがありません。

ところが、三百人以上乗っていた国際線が遅れて着いたので、電話の前はどこも長蛇の列、やっと順番がきて二十五セントのお金を入れましたが、全然通じません。所によってかけ方が違うのでしょうか。

外国で何か困ったことがおきたときくらい、言葉の通じないもどかしさはありません。なぜ狭い地球なのに各国言葉が違うのだろう、世界じゅうが共通語だったら、もっともっと平和になるだろうに……と思ってみたり、でも言葉が通じ合う同じ日本の中の家族や友人同士でも、争いはなくならないし……なんて考えているうちに、わりと早くあいた電話を見つけてまた飛んでいき、今度はコレクトコールで申し込みました。

ジュエルさんには連絡がつき、おわびと明朝のお約束をしましたが、ホテルはどこも満杯で泊まるところがありません。私とみねさんは空港のソファで夜を明かす覚悟を決めました。

あんなにたくさんいた人たちもどこかに散らばっていき、いつか人影もまばら。人相の悪い浮浪者ふうの人たちだけが残って、恐ろしいことといったらありません。

「こうなったら、私たちも頬《ほお》っかむりでもして……」

まず、髪のピンをとって、たらたらと汚らしく額にたらし、総入れ歯をはずし、口紅を落とし、ブーツを運動靴にはきかえたうえにかかとを踏んづけて……と、三益愛子さんの名演技、『がめつい奴』のお鹿婆さんよろしく、筋金入りの女浮浪者に大変身しました。

指輪や時計やお金はポケットなどにしまい込み、歩くときは少しビッコをひいて。ガタガタとふるえていた私は、このみごとな扮装《ふんそう》のおかげで、がぜん勇気が出てきて、汚れ役のスターにでもなった気分。もし襲われでもしたら、こちらから先に飛びかかってやろうと思うぐらいでした。でもこのハプニングのおかげで、ジュエルさんとの再会というロマンチックな夢は、なぜかシャボン玉のようにはかなく消えてしまったような気がしました。

ついさきほどまでは、末息子のおかげで、飛行機はファースト・クラス、食事もフルコースで、

「お飲みものは何にしますか？」

「おしぼりはいかが？」

と、スチュワーデスとホストにかしずかれていたのに、このアップ、ダウンの激しさは……。

とろとろと少しまどろむうちに、何事もおこらずに、しらじらとシアトルの夜が明けはじめました。

洗面所で顔を洗って、再びレディにならなきゃ。

昨夜のポートエンゼル行きの乗り場に行くと、十人乗りぐらいのおもちゃのようなかわいい飛行機が並んでいて、やっと、おとぎの国に出かけるような気分になりはじめました。

四十年ぶりの再会

昔、千人の天使が住んでいたといわれるポートエンゼル……。飛行機から見たその風景の美しかったこと、みねさんと歓声のあげっぱなしでした。

田舎の停車場のような小さな空港には、ジュエルさんが昔と少しも変わらないニコニコした笑顔で待っていてくれました。普通の服を着たジュエルさんを見るのは初めてでした。

抱き合って再会を喜び合い、彼の白い車で家に向かいました。私を新しい車に乗せるために買ったばかりだということでした。ニューヨークから突然電話をしてから、まだ二日しか経っていないというのに……。

空港から三分くらいで着いた家は、大きな農家ふうの家で、応接間に腰かけていてもトイレに座っていても、美しい海や丘が見渡せます。

何か人の気配がなく、「ミセスは？」ときくと、一昨年ガンで亡くなったとのことでした。

子供たちは結婚して、フラダメイは四人の子供のママになってニューヨークの近くに幸せに過ごしているし、フランクは近くのタコマにいて、一緒に船で釣りに行ったりするとのことでした。

私も主人のこと、徹子はじめ子供たちのこと、三年前からアメリカ、カナダにいる日本人の方たちにお話をしに歩いていて、今年もアメリカに来たのでお寄りしたことなど、近況を話し合いました。

彼は軍隊に長くいましたから恩給をたくさんいただけるし、五十エーカーという広い土地に牧場や畑を持ち、悠々自適の恵まれた生活。教会の牧師さんもしていて、村の人の身の上相談もしているようでした。

家の中はきれいに整頓されていて、どなたかお手伝いさんに来ていただいているのとききましたが、すべて彼一人でやっているとのことでした。

食事も彼が用意してくれます。

畑からもぎたての新鮮な野菜、牧牛からしぼりたてのミルク、朝食はお手製のホットケーキで、お皿もコーヒー茶碗《ぢゃわん》も大きなオーブンで温めてあって、私たちが手を出すすきもありません。

あと片付けだけでもさせてくださいとお願いしても「ノーノー」です。

「これではまるでレストランだわ」

というと、

「じゃ、腕にナプキンをかけて立っていなきゃ」

と直立不動でボーイさんの真似をして私たちを笑わせます。ユーモラスなところも昔と少しも変わりません。

次の日は、海峡をはさんで対岸にあるバンクーバー島のビクトリアに案内してくださいました。花好きの私が長年、一度は行ってみたいと憧《あこが》れていた有名な花園、ブッチャーズ・ガーデンのあるところです。なんという幸せでしょう。

　私たちは千人乗りくらいの白い大きな船に乗り込みました。ビクトリアはカナダ領なので、船中で出国カードを書かなければなりません。今までは、みねさんの分も私が書かなければなりませんでしたが、今はすべて彼がやってくれる女王様の身分です。

「CHO《チヨウ》は何年生まれ？」

　ときかれました。

「一九一〇年よ」

「OK」

最後に彼自身のを書いているのを見て、私は危うく「ヒェー！」と声を出すところでした。

　彼は一九一一年生まれ。長い間私より二十歳ぐらい年上のおじさんと思い、お父さんのように思っていたのに、私より一歳年下だなんて信じられない思いでした。

　そうすると、あのころはまだ三十五歳ぐらい？

　何千人という若い青年たちの争い、夫婦間のトラブル、身の上相談などを長いことやっていると、あんなふうに大人になるのですね。きっと若いころからそういう器だったんですね。

ビクトリアはまさに夢のような花の園でした。

それから一週間の間、島のあちこちを案内し、つきっきりで私たちのためにサービスしてくださいました。

高い山には夏だというのに雪が残り、麓《ふもと》には見たこともない高山植物が咲き乱れ、千年以上経たと思われる無数の大木、大小の湖は物語めいて美しく、泣きたいくらい死にたいくらいの天国のような美しさです。

食料はすべて自家製で、もぎたての野菜、しぼりたてのミルク、自分の船を持っていてときどきサーモンをとりにいくとのことで、冷凍庫は食料の山、牛肉も自分の牧場の牛を食べるということです。みねさんはもうここがすっかり気に入って夢中になりました。

「奥さま、もう一生ここにいてください。第一、あの先生のお人柄の素晴らしいこと！　あの方になら奥さまを差し上げてもいいです」

といい、私はみねさんの惚《ほ》れ込み方にたまげてしまいました。

「差し上げられたら困るわよ」

と私は答えました。私がここにいて何ができるの？　景色がよくて広い敷地があればいいというものではないもの。今はお互いになんの助け合いも必要でなく、二人で力を合わせて築き上げるもの、育て上げるものが何もないじゃない。

彼は十分に幸福な生涯を送り、今も子供たちや友人がいて、牧師や教会の仕事があり、なに不自由ない生活をエンジョイしています。それは私だって同じです。

彼がもし日本に来たら、どうやって残った生涯を送るの？　かわいそうでしょう？　私だって同じよ。

それにしても、少しも燃えることもなく、愛を語ることもなく、さらっとしている自分に老いを感じてしまいました。

積もる話が終わってしまえば、一週間でも長すぎるくらいでした。退屈した私は、部屋にステレオがあったので、音楽を聴きたいと思いました。

レコードを見せていただき、ビバルディの『四季』をかけました。聴きなれたメロディが流れはじめ、私は力のみなぎるような、血の噴き出すようなうれしい思いでした。モーツァルトもバッハも聴きました。

ああ、私は心底音楽が好きなんだなあ。こんなつきあげるような思いで音楽を聴いたのは、主人が死んで初めてのことでした。この夢のように美しい風景も、愛の人ジュエルさんも、この音楽とはとてもとりかえられないと、胸にこみあげるものがありました。

日曜日に彼の教会へ行きました。相変わらず声がよく、讃美歌のテナーのパートを美しい声でハーモニーしていました。幸せそうでした。

夜の集会で、

「今日は日本から素晴らしいお客さまがいらしてくださいました」

と皆さまに紹介してくださり、私にも少し話をするようにいわれました。アメリカ人ばかりの教会ですから、英語で話すしかありません。自信もないことですが、逃げ出すわけにもいかず、しかたなく皆さまの前に立ちました。

「ただいま、ご紹介にあずかりましたＣＨＯ《チョウ》黒柳です、初めまして。皆さまにお目にかかれて本当にうれしく思います」

といい、さて何を話そうかと頭の中で英語がぐるぐると空回り。

「お恥ずかしいことに、私はこんな貧弱な英語しか話せません。もし皆さまが日本語がおわかりになれば、私がどんなに素晴らしい話し手であるかわかっていただけるのにと残念です」

と一応皆さまを大笑いさせてから、私の生いたち、母のこと、夫や子供たちのこと、ジュエルさんご一家との日本での出会い、近くまで来たのでお寄りしたことなどを、三十分ぐらいゼスチュアをまぜながら話しました。

私は白の上下のパンツルックに、帽子もブーツも白。ブラウスだけ鮮やかなオレンジ色といういでたち。両手をパンツのポケットに入れた格好で立ち、皆さまの反応を見ながら、よくわかってもらえないなあと思われるところは別の単語を使ってみてという調子で、ご挨拶というよりは、ちょっと落語を一席という感じでした。

最後に、ジュエルさんに、「お祈りは日本語でさせてください」とお願いしてお許しを得ました。

「はるばる日本から、この素晴らしいポートエンゼルを訪れることができ、また、この教会で皆さまとともにこうした時を与えてくださったことを、心から感謝いたします。また来年もこうして皆さまとお会いすることができますように、一人一人の健康をお守りください」

そして、終わりに、

「ジーザス　ネイム　サンキュー！　ゴッド　アワ　ファーザー　エーメン」（キリストの名に感謝！　われらが父よアーメン）

といいますと、みんな声を合わせて「エーメン」とおっしゃり、拍手の嵐《あらし》でした。この教会に日本人が来て話をしたのは初めてのことだと、皆さまは喜んでくださり、とてもよかったと口々にほめ、抱いてキスしてくださいました。

次の日、ジュエルさんと別れを惜しみ、

「また、いつでも、何日間でも、自由に来てください。来年も待っています」

といわれ、私も、あなたの友人がたくさん日本にいます、いつでも喜んでお迎えしますから、日本にいらしてくださいといい、またあの小さなかわいいパタパタ飛行機に乗って天使の島に別れを告げたのでした。

再会できなかったローゼンストックさん

日本のオーケストラの夜明け

ハイドンのシンフォニー『告別』は、曲の終わりが近づくと、オーケストラのメンバーが一人ずつ楽屋に消えていき、最後に指揮者が去って、本当の幕となります。

昨年の暮れ、ローゼンストック先生の死を知らされたとき、ふとこのハイドンの『告別』が、頭の中をかすめました。

徹子の生まれた次の年に、主人は新交響楽団（ＮＨＫ交響楽団の前身）のコンサートマスターになりました。楽団員は百人近くいたと思います。朝、三々五々、あっちこっちから楽器をぶらさげた人たちが練習所に集まってきます。下駄をはいてくる人もいました。音楽が好きで好きでたまらない連中の集まりだったようですが、口の悪い主人は、「下手の横好きがいちばん困るんだよなあ」といっては、憎たらしがられていました。

初めの首席指揮者だったシュヘルブラットさんがご病気で帰国されたあと、オーケストラのメンバーを驚喜させるような話が持ち上がりました。

新しい指揮者としてポーランド出身のローゼンストック先生がドイツから赴任されることになったのです。

すでに先生は、ドイツ、アメリカなどで有名で、活躍されていましたが、ヒトラー治政下となってからは芸術家の弾圧がはじまり、次第に不安な状況の中に置かれていたようです。

そんなとき、トスカニーニからアメリカへ行く気があるならば力になろうという話があって、そのための荷造りをしているときに、日本の新響から電報が届き、二年間の契約の申し入れがありました。

日本の音楽界には全く不案内だった先生は、ベルリンのオーストリア総領事のところへ行って東京にいるオーストリア領事からいろいろ情報をもらってほしいと頼み、その報告の結果、招きに応じたほうがよいのではないかという決意をし、全く未知の国、日本に来るための契約を受諾されたと伺いました。

当時はまだ航空便がなく、日本までの船旅は二か月もかかるといわれていましたので、ワルシャワ、モスクワ経由シベリア横断急行を選んで、日本へ向かわれました。

釜山《ふざん》から下関までは船、下関からは汽車に乗って一路東京へ――。楽団員たちはその日をどんなに楽しみに待ったことでしょう。

無事東京に着かれたのは、一九三六年（昭和十一年）八月十八日。楽団員全員が東京駅に整列してお迎えし、駅頭でちょっとインタビューがあったあと、車で帝国ホテルへ行き、次の日、日本の伝統を重んじてさっそく明治神宮へ参拝にいらしたそうです。今と違ってずいぶん丁寧なことだったようですね。また日本のために、いいオーケストラの指導者になろうと心から決心なさってのことでしょうね。

当時、先生はまだ独身でいらしたし、言葉も習慣も違う日本の生活はどんなにお寂しかったことでしょう。

楽団員の中にドイツ語が堪能《たんのう》な方が二、三人いましたし、また何かとご不自由な先生のために心をくばって特別に親切にしてさしあげた方も何人かはいらしたようでした。でも、私たちも若かったので細かいことに気がつかず、何もお手伝いをしてさしあげられませんでした。

第一回演奏会の曲目は、『英雄』『交響曲第四番』『レオノーレ序曲三番』のベートーベン・プログラムと決まり、とにかく毎日毎日猛練習をし、初日を迎える運びとなりました。

その朝、会場での最後の総練習――普通ゲネプロといいますが――のために、日比谷公会堂に集まりましたが、会場に行って驚いたのなんの、大サービスのつもりでしょうが、ステージ一面に分厚い絨毯《じゅうたん》が敷きつめられていました。床がむきだしの舞台ではローゼンストック先生に対して礼を失すると考えての東京市の好意だったようですが、そのために音の響きがぼうっと霞《かす》んでしまい、

「まるで毛糸の玉の中で演奏しているようだったよ」

と、主人がいっていました。夜の演奏会までに全部はがしてしまわなければならない大作業になったようです。

楽団員は、後に親しみをこめて、先生をローちゃんとお呼びするようになりました。ローちゃんは、いつも〝音楽はわが命〟と口癖のようにおっしゃっていました。

家の近くだった新響の練習場へ私が徹子を連れて出かけると、とてもかわいがってくださり、だっこもよくしてくださいました。オーケストラの練習の休憩のときなど、

「子供よろしい？　奥さんよろしい？（お子さん元気ですか。奥さん元気ですか）」と主人にやさしく声をかけてくださったそうです。

　絵画や彫刻や小説や詩は、それを見て読んで楽しみ、作者が何を表そうとしているかを知ることができます。

　でも、楽譜は演奏されないかぎりただの紙切れにすぎません。作曲者の魂に感応する立派な演奏者や声楽家やそれをまとめる指揮者がいて、何度も何度も練習し、組み立て、素晴らしい芸術作品に仕上げて聴衆に贈らなければなりません。それだけに完成に近づける作業、努力というものは大変なものです。

　練習といっても、当時のオーケストラには先生の要求にこたえるだけのテクニックはなく、何度先生を泣かせてしまったかわからない日々でした。

　先生はときどき、目に涙をいっぱいためて、足もともフラフラになって控え室へ帰られ、頭をかかえていらしたそうです。自分の言い方が悪いのだろうか、こんなことがなぜわかってもらえないのだろうか、こんなことができなくてこれから先が思いやられる……という絶望を何度かみしめられたことでしょうか。

　ドイツに留学されていてドイツ語のできる斎藤秀雄さんや各パートのトップが、ぞろぞろあやまりに行きました。

「先生に逆らうなどという気持ちは全然ありません。でも結局は私たちのテクニックが先生の要求水準まで行っていないのです」

と頭を下げて詫《わ》びると、先生は、

「あなた方にそんな完璧《かんぺき》なテクニックを求めているわけではありません。これと同じことがこの前はできたではありませんか。その不注意が情けないのです。私の注意をよくきいていてくれないからです」

ともっともなお話で、針のように神経を集中する訓練がつづき、それはローちゃんとメンバーとの〝壮絶な闘い〟と形容してもいいようなものでした。

先生が来日されてだいぶ経ったある日、珍しく先生がほめてくださいました。

先生は日本語で、「トッテモイイワ」とおっしゃったのです。一同唖然《あぜん》とし、それから大爆笑となりました。先生に女友達ができたと、みんなとても喜んで手をたたいたそうです。

先生のほうもびっくりして、なにか大変とんちんかんな日本語をいってしまったのではないかと、あわてて斎藤さんにおききになりました。

「それは女だけが使う言葉ですよ」

と申し上げたそうですが、トッテモ楽しい思い出の一幕でした。

そうこうしているうちに、戦雲は日増しに重く険悪の度を増して、オーストリアにドイツ軍が侵入してこれを併合したため、先生は市民権をなくされ、以後は無国籍のまま日本に滞在することになってしまいました。

毎日の練習はつづき、先生を悲しませたり、ときどきは「トッテモイイワ」とほめられたり、レパートリーもどんどん増え、オーケストラの演奏技術もどんなに素晴らしく成長したかわかりません。演奏会の評判は日増しに高まり、切符はいつも売り切れでした。

こんなこともありました。

演奏会の曲目の中に、『ティルオイゲンシュピーゲルの愉快ないたずら』というのがあり、もちろん初めての曲で、コンサートマスターのかなり長いソロが入ります。

途中にタタタタタタとバイオリンのネックからコマのところまで指でさがるグリッサンドというテクニックがあるのですが、主人にはそれをたやすくみごとにやってのけるだけの力が足りません。それは主人だけの宿題で一人で勉強しなければなりません。今のバイオリン奏者にとってはたいしたことではないでしょうが、四十五、六年前のことですから……。

演奏会までには一週間ぐらい練習期間がありましたが、うまくできたり、できなかったり。

毎日神経がピリピリしてヒステリックになり、子供の泣き声なんてとんでもないことです。

「地震になって東京がメチャメチャになって演奏会ができなくなればいい」

などとわめき、私は主人が本当に恐ろしくて、毎日戦々兢々《きょうきょう》と過ごしました。

演奏会の当日になりました。燕尾服《えんびふく》を着て緊張して入場です。うまくいくかしらと私もあがってしまい胸がドキドキしました。

いよいよ演奏がはじまり、周りの音が一斉に止まると、バイオリンのソロになりました。

今まで一度もこんなにうまく弾けたことはないというほど、うまく指も音程もおさまり、主人がローちゃんの顔を見ると、とてもいい顔をして、「いい子、いい子」というようにうなずいてくださったそうです。

終わって楽屋に引き揚げ、主人もみんなの顔がまともに見られる気持ちだったと思います。

「さすが黒さんだネ。本番でないとちゃんと弾かないんだからすげぇもんだ」

みんなにほめられ、家に帰ってきた主人は大機嫌で、

「これだからバイオリン弾きになったらコンマス（コンサートマスター）でなきゃ、弾く気がしないよ」

とやけに横柄になり、

「昨日泣いたカラスが今日笑ったじゃないの。これだからバイオリン弾きの女房になんてなるもんじゃないわねぇ」

と今度は私がグチる番でした。

その後、主人は新響の田中秀雄さん、寺田農次さん、橘常定さんたちと、「東京弦楽四重奏団」をつくり、毎月一回NHKラジオから放送したり、名曲鑑賞定期演奏会を開いたりしていました。その四回目はピアノにローちゃんを加えて、ブラームスのピアノ五重奏を日比谷公会堂で演奏しましたが、大成功で、毎日新聞社とNHKから優秀演奏家として表彰されました。

それは昭和十八年二月五日、戦争中のことです。またこのメンバーで演奏会をするつもりでいましたら、外人の演奏家はまかりならぬということで涙をのんで中止となりました。

そのころすでに東京にいる外国人は、軽井沢や山中湖になかば抑留のような形で集

められ、ローちゃんも軽井沢組となり、それはもう外人一人に特高《とっこう》刑事が一人ずつつき、血も凍る思いを何度味わったかわからないと人づてにききました。なにか不審なことがあって尋問のために連行された外国人は、二度と再び帰ってこなかったこともあったようです。

「あやしいと思われた人はいつも早朝五時ごろに連行されたので、時計の針が五時を過ぎるまでは安眠できなかった」

　という、恐ろしい日々でした。

　シャツや洋服などめぼしい持ち物は、すべて農家の食料と物々交換をし、非常時とはいえ、屋内でも零下十二度という日もあった寒い軽井沢で、どんなに辛い日々だったことかとお気の毒に思いました。

　終戦の前年に応召した丙種歩兵の主人は、戦後シベリアに抑留されて捕虜生活四年八か月、生死も不明の暗い時代でした。でも朝の来ない夜はなく、本当にたくさんの犠牲を払って戦争は終わり、ローちゃんにも、輝くような朝が来ました。

　ある日、三人のアメリカ兵がジープでローちゃんの家の前に停まり、何か夢みたいに驚いているうちに、チョコレートや歯ブラシ、石鹸《せっけん》などの日用品を山のように届けてくれ、次の日はアメリカのテレビマンが撮影にきて、ピアノを弾いているところ、作曲しているところといろいろ注文して、家じゅうの電気のヒューズがみんな切れてしまうほどだったそうです。

同時にまた、NHKや日響からそれぞれ復帰を依頼する連絡があり、アメリカ軍の歩兵一小隊を乗せたトラック三台が来て、わけもなくあの草深い家から、グランドピアノなどいっさいの引っ越しをやってくれたそうです。それからはまた、数えきれないほどの音楽会が開かれました。

マリルーとの運命の恋

ローちゃんが、悲喜こもごもの思い出を日本に残し、アメリカ軍の輸送船に乗り込んで、希望に満ちあふれてニューヨークへ出発したのは、一九四六年十月のことでした。

それからのローちゃんの国際的な音楽舞台での活躍はめざましいものでした。ニューヨーク・シティ・オペラ・カンパニーの専属指揮者として契約を結び、そのうえ〝魅力満点〟〝とびきり美人〟のマリルーと出会って結婚しました。

当時マリルーには夫がいましたが、お互いに二人は〝運命的な邂逅《かいこう》〟であることを〝ひと目で感応しあった〟そうで、事実マリルーはローちゃんにとっての素晴らしい生涯の伴侶《はんりょ》となりました。

ニューヨーク到着後まもなく、ベルリン市長から、ヒトラー治政前に先生が就任されていた音楽総監督の地位や、ベルリン国立歌劇場への客演などの依頼があったそうですが、ローちゃんは、惨憺《さんたん》たるドイツのありさまを見るに忍びず、丁重に断られたときいています。

その後ローちゃんは、N響の名誉指揮者となり、何度かマリルー同伴で来日し、〝わが家に帰ったようなうれしさ〟でたくさんの音楽会をなさいました。

一九五六―五七年には、あらためてN響の常任指揮者として任命され、日本各地を演奏旅行をされましたが、切符はいつもすべて売り切れで、熱心な聴衆にはご夫妻ともども驚くほどの喜びを感じられたということです。

ローちゃんご夫妻にとっても、最も充実した素晴らしい時期ではなかったかと思います。

先生の写真を入れた額は、生涯主人のそばから離れることはありませんでした。

本場のヨーロッパで勉強したことのない主人が、クラシックにおいて正統派でいられたのは、先生の厳しい教えを受けたたまものです。主人もそれを吸収するためならどんな屈辱も舌害も肥料のように素直に受けいれて懸命に学んだということは、主人もやはり天才的な人だったのかもしれないと思っています。

主人が亡くなったとき、ご夫妻からこんな心のこもったお手紙をいただきました。

《親愛なる黒柳夫人へ

深い悲しみの中に、ご主人さま黒柳守綱さんのご逝去の悲報を受け取りました。

私たちは最近の彼がそれほどの病苦に耐えておられることを知りませんでした。

しかし最近の私との文通がいくらかの彼の慰めになっていたようで、とてもうれしく思っていました。

彼と、彼の日本音楽界への偉大な貢献を、私は決して忘れないということを確信なさってください。私ども夫婦の心からのお悔みを申し上げます。

あなたのこれからの生活が、健康と祝福に満たされ、また楽しかった過去の思い出に満ちあふれることを、切に祈ります。

平和な、そしてよい将来を願ってやみません。

ヨーゼフ・ローゼンストック

妻　マリルー拝》

その後もマリルーからたびたびお手紙をいただき、私はどんなに嬉《うれ》しかったことでしょう。

主人が亡くなった年の十月、北野ドクターがロサンゼルスで、主人の盛大な追悼演奏会をしてくださいました。

その帰り、ニューヨークに大恩ある先生ご夫妻を久しぶりにお訪ねし、ご一緒に写真を撮りたいと思っていましたが、あいにく先生はオーストリアやスイスなどに避暑にいらしてお留守でした。その翌年も翌々年も、私がニューヨークに行くたびにご連絡をしましたが、行き違いでお目にかかれないでいるうち、昨年の十月十七日、心不全のため亡くなられました。

徹子の写真をいつもピアノの上に飾って、徹子の成長を喜んでくださっていたようで、彼女が日本からお電話すると、奥さまが、

「あなた！　トットちゃんからよ」

「オーケー、オーケー」

という弾んだ声がきこえ、うれしそうに電話口に出てくださって、いろいろお話しして、そのうちきっと会いましょうとお約束したそうです。

先生が亡くなられてから徹子が奥さまにお悔みのお電話をしたとき、

「主人の灰がまだピアノのそばに置いてあるの。この灰を日本に持っていって埋めてほしいと彼が訴えているような気がしてならないの」

　とおっしゃったそうです。徹子は、

「ぜひいらしてください。日本には昔ご恩になった人たちもたくさんいらっしゃるし、心配しないで、いつでもいらしてください」

　といい、私もすぐに手紙を書きました。

「主人のお墓のすぐそばに、愛する人たちのためにという別の新しいお墓をつくったの。そこでよかったら……。皆さんが、先生のお墓に、いつもいつもお花を捧げに行きますよ」

　奥さまは、とても喜ばれて、

「今は体調が悪くてすぐには行けないけれども、四月か五月、暖かくなるころには元気になると思うから、そうしたら主人の灰を持って日本に行くので、どうぞいろいろお手伝いしてください」

　と、徹子にもおっしゃったそうです。

　奥さまの体の具合が悪そうなので、私は、

「私の親戚のドクター広瀬がニューヨークにいますから、いつでも電話してください。

奥さんのとみ子さんも、とてもやさしくて心の温かい人だから、いつでも車でお迎えに行ってくれるはずです」

と、電話番号も書き加えて手紙を出しました。

奥さまは、とみ子さんに、

「チョウさんからいただいた手紙を、何度も何度も出しては読んで泣いているの。そのうち日本に行ってお世話になります」

とおっしゃっていたそうです。

それなのに、先生が亡くなって三か月も経たないうちに、あとを追うようにしてマリルーは亡くなってしまいました。その悲報が届いたときは、本当に驚き、悲しい思いでした。ローちゃんより二十五歳も年下でしたのに。せめて奥さまにだけでも、先生のことを書いたご本をお見せしたかったと、残念で残念でなりません。

本当に仲のよいご夫婦でした。マリルーは、最後まで命がけで先生を献身的に愛し、精も根も尽き果ててしまわれたのでしょう。つくづく羨ましくなりました。

その後、どなたか様子を知ってる方とお話をしてみたいと思ってアパートにお電話してみましたが、もうその電話も使われていないようでした。

ローちゃんも今ごろは、天国で主人とも再会し、

「黒柳さん、またデュエットをやりましょう」

と楽しげにお話ししているのでしょうか。

生きているということは素晴らしいことではあるけれど、悲しい目にもあうものですね。みんな夢みたい。人はいろいろな夢を見るんですね。

日本のオーケストラの夜明けをつくってくださり、ほんもののクラシックの種を、たくさんの日本人の心の中にまいてくださったローゼンストック先生、美しい奥さま、お二人のご冥福《めいふく》を心からお祈りいたします。

四章　引っ越し人生〝開けゴマ〟

振り出しに戻ってスタート

カンシャク玉の二重奏

「乃木坂倶楽部」という日本で初めてのアパートの一間で、私たちの結婚生活ははじまりました。一階に食堂、喫茶室、お風呂場《ふろば》があって、食事は食券、お風呂は無料でした。

画家や作家、外国人などずいぶん多彩な方たちが住んでいました。主人のお母さんは江戸っ子で昔の人でしたから、来るたびに、

「へえー、アバートってこんなものなの」

と感心し、主人が、

「アバートじゃなくてアパートだよ」

と、私の手前、恥ずかしそうに直していました。

翌年、子供が生まれることになり、子供ができると、このアパートにはいられないので、近くの貸家を借りることになりました。

赤坂檜町《あかさかひのきちょう》といって乃木神社の前の小さな二階家でした。下が二間に台所、二階は

六畳間一つ。

右へ行けば六本木、左へ行けば青山一丁目にそれぞれ歩いて十分もかからないところで、今は一等地ですが、当時は大きな屋敷がぽつぽつ建っている程度でした。

隣の家の、太ったやさしい石黒さんのおばさんが、とてもよく面倒を見てくださいました。おじさんは左官屋さんで、しょっちゅう大きな声でどなりまくっていました。

その声をきいて安心したのか、主人もよくどなりました。どちらも江戸っ子で気が短く、口の悪いのも負けず劣らず。安普請の家ですから、どちらの声も筒抜けによくきこえました。

ある朝、家の前の空地で、おばさんがタンスを燃やしているので、私はびっくりしました。

「どうして燃やしてしまうの？」

ときくと、

「お嫁に来るとき、このタンスに着物をいっぱい詰めてきたけど、貧乏生活でみんな売ってしまったし、オヤジがこのタンスにぶつかるたんびに、こんな空っぽのタンスなんか燃しちまえってどなるの。しゃくだからほんとに燃やしちゃうの」

といいました。

「うちには着るものもないけど、タンスもないから広くていいわよ」

と私は慰《なぐさ》めてあげました。

石黒さんの家は、子だくさんでしたが、ある日、上の息子さんがどこかの山に行って蜂《はち》の子をとってきたからといって、私を呼びに来ました。行ってみると、蜂の子をフライパンで炒《い》っていました。蛆虫《うじむし》みたいでとても気持ちの悪いものでした。

「これはカンシャクの妙薬だから、あんたの旦那さんとうちのオヤジに食べさせようと思って」

といって、ご親切にも炒《いた》め蛆虫にお醬油《しょうゆ》をかけて半分分けてくれました。

家に帰ってしばらく眺めていましたが、とてもパパに食べさせる勇気がありません。カンシャクをおこしてどなりまくったあとはいつも平あやまりで、「僕はママを奥さんにすることができて本当に幸福だ。ママさえいれば僕はもう何もいらないよ」という主人のことですから……。

「これは絶対即効のカンシャク虫封じの妙薬だそうよ。どんなに重症の人でもぴたっと治ってしまうんですって」

と暗示にかけて食べさせたら、ほんとに効いたかもしれない、と捨ててしまってから何度後悔したかしれません。

翌日、石黒さんのおばさんにきかれました。

「ちゃんと食べさせたかい？」

「ええ」

と答えましたが、石黒さんのおじさんはちゃんと食べたのでしょうか？　ともかくどちらのカンシャクも相変わらずでしたね。

この家で徹子が生まれましたが、奇《く》しくもこの家のちょうど真上あたりに建ったマンションに徹子は長年住み、今度は私が住むことになりました。

このことに徹子も私も気づかないでいましたが、不思議なまわりあわせですね。十五年住みなじんだ鎌倉の山腹の家を安く友人に譲って、五十年ぶりに振り出しに戻ることになったのです。

徹子が三歳になったころ、主人が新響のコンサートマスターをしていて、毎日練習があるので、乃木坂から練習場に近い東洗足《ひがしせんぞく》に移ったのが、引っ越し人生のスタートでした。

ここは、赤い屋根の西洋館ふうの小さな貸家で、この家で、長男の明児が生まれました。

次が北千束《きたせんぞく》の池のある家。主人が散歩の途中で見つけてきたやはり小さな貸家でしたが、庭に二坪ほどの池があるのが気に入って引っ越しました。

主人は、小川とか池とかが大好きな人で、まわりにレンガを積んで素敵な池にし、金魚をたくさん放ちました。家の中の仕事は何もしない人でしたが、どの家のときも、池と小川づくりには熱心でしたね。大雨が降るときまってレーンハットとレーンコートにしっかり身をかため、長いシャベルを持ち出して小川をつくりはじめたものです。

幅も深さも十センチぐらいの小川というか長い溝を掘って、通りの側溝までつなげると、チロチロと雨水が流れはじめます。すると今度は小石を集めてきて、溝の両側をしっかり固めるのです。雨の降っている間じゅう、水の流れているかぎり、何時間でも子供のようにしゃがみ込んでやっています。

「風邪をひくわよ。肺炎になっても知らないわよ」

とあきれて文句をいっているうちに、私もつられて、小川のところどころに芝や花の根を植えたり、少し大きな松の枝をさしたりして手伝ってしまうのでした。

主人の幼さにとまどいながらも、結構私も主人も子供っぽい幸福感を味わう平和なひとときだったような気がします。

この家で、次男の紀明と次女の友理が生まれましたが、この池に落ちなかった子は一人もなく、全員がこの池で洗礼を受けました。

近くにはたくさんの主人の友人が住んでいました。

もう亡くなりましたが、指揮者の上田仁さん、東大仏文科の学生だった今は音楽評論家の吉田秀和さんたちが、夜になるとなんとなく集まってきて朝方まで音楽の話ばかりしていました。

夜中の二時ごろ、みんなお腹が空いたといい、私はよくご飯を炊いて夜食作りをしました。粗末なおかずも気にならず、音楽さえあれば何もいらないといった感じでしたね。

野菜づくりは小松菜がいちばん素人《しろうと》にはやさしいからと、裏隣のおばあさんが教えてくれて、庭にいっぱい種をまきました。おしっこがなによりの肥料だとも教えてくれましたので、みんなにバケツにおしっこをしてもらい、それを薄めてはかけました。

やがて育った菜っぱの艶々《つやつや》としてみごとなこと。でも、家の者はみんな、

「食べる気がしないよ。いやだよ」

といい、かけつづけた本人の私も食欲が出ません。結局、そのおばあさんが飼っていた鶏の餌《えさ》に使っていただきました。

そのうちに葉っぱのてっぺんから黄色い花が咲きはじめ、とてもきれいでした。

徹子と明児が猩紅熱《しょうこうねつ》になり、雪《ゆき》ケ谷《や》の荏原《えばら》病院（伝染病隔離病院）に入院したのも

このころです。私も一緒に付き添い、一か月ぐらい入院していたでしょうか。

　悪いことは重なっておこるもので、主人は盆栽をやっているとき左手の人さし指をのみで刺してバイオリンが弾けなくなりました。

　母がおかずを作ってお弁当箱に詰めてくれたのを、主人が病院まで自転車で運んできてくれましたが、子供たちの病気の心配やら寂しさやらで、私の顔を見るたびに、

「僕はなんでこんな目にあうのだろう」

といって、子供のようにオイオイ泣きました。

　そして、小学校三年生だった明児が敗血症で、たった一週間で天国にいってしまうという悲しみの試練にあったのもこの家でした。道を歩いていても、電車に乗っていても涙が滂沱《ぼうだ》と流れ、辛い辛い時期でした。

　明児の死から三か月も経たないうちに、主人は召集で出征してしまい、その後空襲がひどくなってこの家は強制疎開で取り壊されることになり、私たちは青森県へ疎開しました。

　戦後の東京生活は、この家のあとに小さな家を再建してスタートしました。

プラットホームつきの薔薇《ばら》の家

赤い屋根の白い壁、十二坪の小さな家でしたが、庭は広く、目蒲《めかま》線北千束の駅のホームからポンと飛び降りるとわが家の庭。

「おたくの家は、ホームつきの家ね」

といわれたものです。

庭の畑には、カボチャ、キュウリ、菜っぱ、ジャガイモ、なんでもつくりました。肥料は、汲取《くみとり》口から汚穢《おわい》を大きな柄杓《ひしゃく》で汲《く》んで、畑の溝に流し込みました。不思議なもので、人間の汚物よりもトイレの紙などのほうがずっと汚らしくて、見ていられなくて大急ぎでその上に土をかけたものです。でも不思議とこのときはみんな大喜びで自家製の野菜を感謝していただきました。

昭和二十四年の暮れ、主人が無事復員して、一週間も経たずに今度は東京交響楽団のコンサートマスターとして招聘《しょうへい》されました。活気に満ちて忙しく、一生懸命働きました。

主人はシベリアで洗脳されて、赤大根（外だけ赤くて中身は白いという意味）になって帰ってきたので、「これから自分の下着は自分で洗います」などと殊勝なことをいい、少しは人間も丸くなったかと期待していたのに、みんな三日坊主。カンシャクの嵐も相も変わらず、バイオリン以外のことはいっさい無関心なのも前のままで、主人のお守りと所帯の苦労いっさいは私の肩にかかり、いろいろ悲しいこともありました。私は辛くてよく泣き、ゾロゾロと子供たちを連れて家出したりしました。

そろそろ野菜も買えるようになってきてからは、畑は花畑に変わり、主人はバラづくりに凝りはじめました。品種集めや、肥料も牛の糞《ふん》やら鶏の糞やらと大変でした。

「ママは、肥料買うときはいい顔しないのに、花が咲くとみんなにどんどん切ってあげて自分だけいい顔してずるいよ」と文句をいいながらも、得意そうでした。

この家で三男の貴之が生まれました。私が四十七歳のときでした。

貴之がお腹にいたとき、山田耕筰先生が奥さまと一緒に川上さんという易者さんのところに行くというので、私も一緒についていきました。

まだ三か月目ぐらいで妊娠していることは誰も知らないころでしたのに、その易者さんは、私を見るなり、

「あなたは今、お腹に赤ちゃんがいるでしょう？」

といい、驚いている私に、

「そのお子さんは、あなたにとってとても役に立つお子さんだから、大切にお産みなさいよ」

といいました。

この子が二十歳になるまで私は生きていられるだろうかと思ったのに、今はその末息子も二人の子供の父親になりました。かわいい孫の顔を二人も見ることができたのですから、健康で長生きできるということはありがたいことですね。

せっかく土地も買って初めて建てた家でしたが、手放さなければならないはめになり、自由ケ丘の借家に移りました。

ここは一軒家でなく、大きな家の一階の応接間と二階の三部屋を借りていました。すぐそばにバイオリン製作者の笹川さんの家がありました。

主人は、バイオリンを弾くこともプロでしたが、楽器そのものについてもその興味や研究心は大変なもので、鋭い鑑定眼を持っていました。

暇さえあれば、楽器についての歴史書を読み、もちろんイタリアバイオリンに凝っていましたから、クレモナの製作者の話、ニスについて、色について、音色について、形について熱心に調べ、研究し、笹川さんにもいろいろ教わっていました。

人の持っている楽器も一度見たら二度と忘れることはありませんでしたね。もちろん弓についてもそうでした。弘法は筆を選ばずといいますが、やはり優れた演奏家は優れた楽器や弓が欲しくなるものなのですね。確かにそれだけの価値はあるものなのでしょうね。

そしてタリシオという人の話を、ため息まじりに話してくれました。

タリシオは、バイオリン楽器に魅せられたイタリアの男性で、結婚もせず、ただひたすらいい楽器を集めることに生涯を捧げました。

バイオリニストにとって垂涎《すいぜん》の的であるたくさんのストラディバリウスを持ち、それを小さな家の屋根裏に集め、亡くなったときは、中でもいちばんいいストラディバリウスを抱えて一人冷たくなっていました。そして、姉さんがやってきて、そんな素晴らしい楽器とは夢にも知らず、全部の名器をガラクタ同然の値段で売り払ってしまったということです。

このころは、主人はまだ若かったせいか本当によくカンシャクをおこし、どなったり物を投げつけたりしました。主人のカンシャクがはじまると、同じ家に住む家主さんや近所の人にきこえると恥ずかしいので、私はすぐに笹川さんのところに助けを求めに行きました。

笹川さんはやってくると、

「なんだ黒ちゃん、立派な演奏をする人がどうしたの？」

なんていうので、彼が来ると部屋の隅にある大きな机の下にこそこそとちぢこまって入り込んでしまい、「出てこいよ」といわれても、絶対に出てきません。ちょっと大人のできることじゃないですね。

「じゃあ」と根負けして笹川さんが帰ると、のこのこ出てきて、

「なんで夫婦喧嘩に人を呼びに行くんだ」

とまたケンカがはじまるのでした。笹川さんに、

「私も一度でいいからゆっくり夫に甘えて、なんでも相談して、なんの心配もしないでたっぷりと寄っかかって暮らしてみたいわ」

といったことがありました。ある夕方、主人の音楽会へ笹川さんと出かけたときのこと、歩いていくと向こうからお相撲の高見山さんみたいな人がやってきました。笹川さんは私に、

「ママが寄りかかって安心できるような人が来たよ」

といい、私もあの人に決めたと二人で大笑いしたことがありました。

「この家はいやだ、ママがすぐ笹川さんを呼んでくるから……」

と主人がいうので、三年くらいいて引っ越すほかありませんでした。

次は、世田谷《せたがや》区上馬《かみうま》の家の二階を借りました。家主さんは大学の国文学の先生でした。

ある日、新聞広告で見つけた家が偶然すぐ近くだったので、主人と私は好奇心もあって気晴らしに見に行きました。紅白の梅の咲き匂《にお》う、総檜造《そうひのきづく》りの、部屋数が十五、六もある、私たちには雲の上のような立派なその家がすっかり気に入ってしまいました。

棚からボタモチの豪邸

友人や家主さんのご好意ではからずも買うことになった顚末《てんまつ》は、後の章でお話ししますが、ともかく「空から大ボタモチ」のこの家には大家族で楽しく暮らしました。徹子をはじめ、全部の子供たちと、結婚した次女の一家と、みねさんの九人家族でした。

紀明や貴之の友人がいつも五、六人泊まり込んでいましたから、台所はとても大変でしたが、食欲旺盛な若者の世話をするのは幸せな忙しさでした。

そのうち孫が一人増えて二人になりました。いま考えてみるといちばん大人数の活気のあった時代でした。

そのころ、夕食後に子供たちにデザートのミカンを一つずつ渡してやり、徹子の前にも確かに置いたつもりのミカンがありません。徹子の顔を見ると、食べたふうもなく、口も動かしていないので、

「ごめんなさい。徹子さんにまだあげなかったわねえ」

というと、

「もう、食べちゃったの」

というのです。他の子たちは、まだ皮をむいているというのに。徹子の早食いは今も変わらないようで、料亭などでお食事をしながら対談しているときでも、相手の方はまだお箸《はし》もつけていないくらいなのに、徹子のお膳《ぜん》には何一つ残っていないのです。それも徹子のほうが二倍も三倍も早口でしゃべり、相槌《あいづち》をうち、感激して涙まで流しながら……。

そして不思議なことには相手の方は、徹子がそんなにせっせと食べているのを全然見ていないし、気づかなかったといってびっくりなさるそうです。

今年の三月、『すばらしき仲間』というテレビ番組で、山岡久乃さん、池内淳子さんと三人で対談し、「老後は三人で一緒の老人ホームに入りましょう」などと姦《かしま》しくおしゃべりしていたときも、徹子のふぐのおさしみの平らげ方があまりに速いので、

お料理を運ぶ女中さんがあわてて出て行くとき、スッテンコロリンと、ころんでしまったとか、お気の毒なことでした。

　そして、テーブルの真ん中に置いてあった大皿の三人分のお刺身の半分は早いとこ食べてしまって、そこだけお皿の絵がちゃんと見えていました。私はハラハラして見ていました。収録のあと山岡さんも池内さんもまだほとんど食べてなくて、徹子の食べっぷりに驚いて「ワァー、スゴイ！」と大笑いしたそうです。

　この家から鎌倉へ引っ越しましたが、このとき徹子は独立してアパート生活へ、紀明は結婚して新所帯をかまえ、貴之はアメリカの留学生活へと、それぞれ巣立っていきました。

　引っ越しのときは、いらないもの、使わないものはなるべく整理しましたが、それでもトラック八台分もある大荷物でした。

　縁の下の倉庫に梅酒のオールドもふくめて十本ほどの果実酒が忘れてあったそうで、「おいしくご馳走になってます」とあとから電話がありました。

　これは忘れものではありませんが、家を買ってくださった友人には、いちばん大きな日本間のテーブルと、いちばん上等の床の間の掛軸を置いてきました。

　昔の殿様が城を開け渡すときは、床の間にいちばん大切な金目の掛軸をかけて出たというのを何かの本で読んだことがあったからです。鎌倉の家は檜造りでもなく、立派な日本間もありませんでしたし……。

ちょっとキザだけど楽しい私の思いつきでした。

リスのくる、花と緑の家

鎌倉の家は山の中腹にあるので緑が多く空気もいいので、肺気腫《はいきしゅ》の持病のある主人には住み心地のよいものでした。パパは、

「ママ、引っ越しはもうこのへんで最後にしてくれよ。俺はこの家で死にたいよ」

といいました。今まで何回かの引っ越しのとき、パパにはなんの相談もしませんでした。

いつも、

「この家よりはましだから。いいんだから……」

とだけいって、すでに決まっている引っ越し先を一回だけ見せます。引っ越し作業はいろいろと大変なものですが、どうせ主人に何か手伝ってもらえるわけもないので、主人にとってはある朝、突然に引っ越しのバタバタがはじまるという感じです。

朝、出かけるとき、主人はバイオリンをかかえて、

「ママ、今日は僕、どっちへ帰るの？」

「新しいほうよ」

「うん」

それでおしまい、でした。

願っていたとおり、主人は鎌倉の家を最後のすみかとして亡くなりました。

今度の引っ越しには、主人とのいつものあの会話のない一人旅です。

そして初めて所帯を持ち、初めて子供を産んだ場所に戻っていくことになりましたが、私はまだまだこれで終わりそうもない気がしています。

永井利史子さん（旧姓、名島俊子さん）は、私の女学校時代のクラスメート、一緒に同人誌をつくった文学少女仲間でした。今でも夜中に電話をかけあって、長話を楽しんでいます。

彼女は歌人で、いつも新作の歌で、私を励ましてくれるよき友人なのですが、パパのことをこんなふうに書いてくれました。

《フレッシュな朝ちゃんの文筆は私に年齢を忘れさせてしまう。昨日届いたレターは私の心を躍らせてくれましたのよ。私の短歌作詠《さくえい》の上でのまどろかしさに拍車をかけてくださったから。

朝ちゃんが五十有余年愛した夫君の守綱さんが亡くなられてからもう三年余になるかしら。

そういえば守綱さんと朝ちゃんと私とで札幌の山の手の寿司屋でタラバ蟹《がに》を存分に堪能した日のこと覚えていますか。守綱さんはガンの予防のことや、また、運動不足を補うために考え出したという独特の体操を実演して私を大いに笑わせてくださいましたっけ。偉大なバイオリニストを誇示することなく謙虚で温厚な方でした。亡くなるまで均衡のとれたスタイルを保ち、素敵にハットのよく似合う紳士でしたものね。

どうか朝ちゃん、守綱さんのぶんまで元気に生きてくださいね》

鎌倉の家を、

「こんなかわいい花や木がたくさんあって、リスまで遊びに来てくれる住み心地のいい家をよく売る気になるわねえ」

と友人たちにはいわれましたけれど、この家を安く売ってくださり、主人の晩年を幸福に暮らさせてくださった人がいるんだもの、私もまた次の人に楽しんでいただければいいんだもの、なんの未練もありゃしない、と思っています。

〝女の心は、大地に根を張ってはいけない〟という言葉をきいたことがあります。これはどういう意味なのでしょうね。大地に根を張りすぎてしまうと、身動きができなくなるということでしょうか。空中に軽く根をおろしておけば、自由に動けるし、頑固にもならず、人に対して胸を開いていることができるということでしょうか。

私は、過去を振り返って、未練を持ったり、しがみついたりするのは大嫌い。私という女の心を大地に根をはらせすぎないように、また次の新しい土地へ、生活へ、身軽に翔《と》んでいって、私をためしてみるつもりでいます。

鎌倉とコロとの別れ

鎌倉を引き払うことに決まったとき、いちばんの悩みは、犬のコロのことでした。

コロがわが家の一員になったのは、鎌倉に越してきて間もなくのころ。一緒に住んでいた次女の友理が朝、孫を幼稚園に送って出たとき、三、四人の小学生が、ころころ太ったかわいい茶色の子犬をボール箱に入れて騒いでいました。

「僕たち拾ってきたんだけど、学校に行くのに困っちゃった」

といっています。

あんまりかわいいので、友理はすぐ、

「おばさんにちょうだい。ここの家だから、会いたかったらときどき遊びに来ればいいし。かわいがって育ててあげるから」

といって、抱いてきました。それからもう十五年が経ち、あのとき四歳だった上の孫は大学生になり、赤ん坊だった下の孫は高校生になりました。

　年老いてきたコロをどこへ預けたらいちばんいいだろう。成田にいる三男の貴之のところへ預けようか、とも考えました。

　コロをいちばんかわいがっていたのは貴之で、中学時代から自分の部屋につれ込んで一緒に寝ていました。成田に住むようになってからも遊びに来るとすぐ家の中へ入れ、ソファで一緒に座ったり、あの大きな犬を抱いて家の中じゅう歩いたりしていました。

　帰るときもいちばん長く時間をかけて別れを惜しみ、それでも別れが辛いのでコロのいない間にそっと帰っていきました。貴之が帰ったあと、コロはノソッと玄関から家の中に入ってきて、どの部屋にも貴之がいないことを確かめてあきらめたように出ていくのでした。

　貴之は私にこういってくれました。

「ママ、引き取り手がないから僕が連れていくんじゃなくて、僕はコロが欲しいから連れていきたいんだ」

でも、コロはもうずいぶん年老いてるし、二時間以上も車に揺られて知らない土地へ行くのはかわいそうだからと思い、やはりこのままこの家に置いてあとに住む友人によくお願いしていくのがいちばんいいのではないかと思いました。

でも、ここに置いていくのは捨てていくのも同然だと孫たちはいいます。

「いったいどうすればいちばんいいの？　コロいってみて」

と何度コロにきいたかわかりません。

今までたくさんの犬を飼いました。どの犬も家族の一員でしたが、犬の性格もさまざま、それぞれはっきりとした個性を持っています。いったん飼ってしまえば、子供と同じで、いやな性格だからといって捨てられるものでもありません。

最後のコロは、実にいい性格の犬でした。出すぎることもなく、卑屈でもなく、堂々として、しかも繊細な犬でした。家の用心にもよく、わが家を守ってくれました。雑誌社の方など見えて庭で写真を写すときは、必ず私のそばに寄ってきて入りたがり、それもシャッターを押すときはちゃんといいお顔でカメラのほうをみるので、コロにはタレント性があるのねなどと笑ったりしていました。

コロはみんなが心を痛めているのをなんとなく悟ったように、昨年の暮れごろから元気がなくなってきました。自分がいてはみんなに迷惑だから、僕はお先に失礼しますとでもいうように、日に日に容態が悪くなっていくのでした。

咳《せき》が出はじめ、一日おきのお医者さまの注射とお薬でそれはなんとかおさまりましたが、腹水でもたまっているのかお腹がふくれてきて、土にお腹をつけ、歩くのもやっとというようになりました。足にもムクミがきて、指で押すと指が中へ入ってしまうような感じです。それでも食欲は盛んにあってよく食べてくれました。

コロの頭をなでて、

「コロ、気にしなくていいのよ。また元気になんなさいよ」

というと、今まで出したことのないやさしい声で、「クスン、クスン」と、まるで泣いているようでした。

辛いものですね、かわいがっていた生きものが、死の道を歩きだすということは……。

一月の末ごろからますますひどく辛そうになってきたので、玄関に布団を敷き小さな電気ストーブをつけてやりました。

でも、一晩じゅう外へ出たがって泣きどおしです。外は寒いし、こごえて朝死んでいたなんていうことになったらすまない気持ちですが、いやならしかたないことと外へ出してやりました。

犬小屋には入らず、家の外壁によりかかっていたがります。コロのまわりに囲いをつくり、毛布やビニールで風が当たらないようにし、地面には布団を敷いてやりました。するとそこを出てまた隣の土の上に移動してしまいます。あのお腹が熱っぽくて、土にじかにつけているほうが気持ちがいいのだろうかと心配しました。

翌朝早く、ちょっとコロをのぞいてそのあまりの変わりようにびっくりしました。私が泣きながら頭をなでると、ときどきじっと私を見てはまた目をつぶり、カタンというふうに横になります。その夜は、またみんなでタンカを作ってコロをやっとのせ、今度は応接間にビニールを敷き、その上に座布団を敷いてとにかく寝かせました。お腹はいよいよ大きくなって、もう水しか飲みません。

娘も孫たちも背中をさすったり胸をなでたりして、もう泣いて泣いて涙がとまりません。十二時すぎに「あした学校があるんだから」といって孫たちを寝かせ、私はコロの横に布団を敷いて横になりました。

相変わらず、コロは私の顔をじっと見ています。その夜は無事に終わりました。こんな体になっても、犬でも人間でもすやすやと眠るように簡単には死ねないのですね。

長い間この家を守ってくれ、かわいいしぐさをさんざん見せてくれたコロは今、天国へ旅立とうとしています。みんなが泣きながらコロにさわると、一人一人の顔をじっと見て、目に涙をいっぱいため、涙は滴となって床に落ちました。

「コロも悲しいのね。お別れの辛さをいちばんわかっているみたい」

それから一週間、夜は友理と交代で添い寝をしました。死んだ日の明け方のこと、私がとろとろしていると、友理が小声で子守歌を歌っているのがきこえました。見てやっていてくれると安心して時計を見たら五時近くでした。

そのまま私は眠ってしまい、コロは自分を小学生からもらってくれた友理に看《み》とられて、本当に安らかに目を閉じました。首輪の代わりにリボンと花を飾ってもらい、平和なかわいい顔をして永遠の眠りについていました。孫たちは目を泣きはらし、遅刻して学校へ行きました。

葬儀屋さんに来てもらってコロを送り出したとき、コロの親友のジローが目に涙の筋をたくさんつけて私たちと一緒に見送りました。

ジローは、五、六年前に隣に住んでいた私の友人の飼っていた犬で、みんなが不思議がるほどコロと仲がよかったのです。コロもジローもオスなので、「二人は同性愛もすぐコロのところに帰ってきてしまいました。

友人は少し離れた鎌倉山に引っ越していきましたが、ジローはすぐコロのところに帰ってきてしまいました。

はじめのうちは一日一回ぐらいは鎌倉山にも行っているようでしたが、ここ三、四年はわが家にばかりいるようになりました。仲よしのコロに先立たれたジローの悲しみが、また私たちの涙を誘いました。

コロの最期は絶対に私たちが看とるといっていた孫たちは、そのとおりになってふんぎりがついたようで、私もみんなで介抱し、心ゆくまで別れを惜しむことができたことをせめてもの幸せに思い、鎌倉との別れに何も心を残すこともなくなりました。

生きること、出会うことには、必ず別れがあるのですね。生きものにとってはその死が、たとえのたれ死にでも、花輪をたくさん飾った盛大な葬送でも、どれだけの違いがあるというのでしょう。残された者の心の中に残るものだけが大切なのだと思います。

五章　チョッちゃん流のいきあたりばったり

おしゃれの喜び

廃物利用の自称天才!

『徹子の部屋』に、永六輔さんが藍《あい》の濃淡の、木綿地らしい縞《しま》の上着を着て出ていらっしゃいました。着やすそうでしゃれているなあと感心しながら拝見していましたら、その上着はなんと永さんのおばあさまの敷き布団で作ったものだというお話。

「どうりで! さすが永さん!」

私は思わず身を乗り出して見ていました。何度も洗って、水をくぐるたびにその美しさを強靱《きょうじん》に輝かせる昔の花色木綿、といった感じにお見受けしました。

とてもよくお似合い。その木綿布団が永さんのお家で経てきた長い歴史をふくめて、なにげなくそれを話される永さんのお話し上手にも魅かれ、その虚飾を洗い流したような上着は、永さんの素晴らしい人間像ともぴったり重なっていました。古いものと新しい人間とのコンビネーションの面白さ……。

私も古いものをいろいろ再生工夫して、イメージチェンジして悦に入ったりするのが大好き人間、廃物利用の自称天才です。ただし、私の場合は、お金がないための窮余の一策だったのですが……。

音楽家という不定収入の仕事を持つ夫と、徹子を頭《かしら》に五人の子供たち――結婚生活五十余年の間、私は自分のものはもちろん、子供たちのものも、欲しいものはなんでも買えるという生活ではありませんでした。

物のない時代でもありましたし、なんでもどころか、なんにも買えないやりくり生活のおかげで、私は工夫大好き、応用大好きの天性（？）を大いに磨き、発揮してきました。

もし服を買うゆとりがあったとしても、同じお金を使うのなら、自分のものよりみんなが使えて便利なものを買いたい質《たち》ですから。

私の洋服はすべて手作りで、アイデアだけで仕上げてしまうやり方です。こつこつと丁寧に仕立てるということは性に合いません。

女学校のときのお裁縫の成績は、いつも丙でした。

古セーターで、子供のズボンをずいぶん作りました。遊び盛りの子供にはズボンは何枚あっても足りません。

作り方は簡単。両袖に子供の足を突っ込み、前と後ろの余分なところをハサミで切って縫い合わせ、ウエストにゴムを通せばでき上がり。

主人のひじのぬけたシャツや、ひざのぬけたももひきは、みんな染めて私のものや子供のものを作りました。少しでも残ると、帽子や今でいうポシェットを作りました。セーターを直したズボンをはき、共布のトンガリ帽子をかぶった子供たちの写真がときどき出てきますが、そのハイカラでかわいいことといったらありません。私は、染めものがはじまると、シュミーズやブラジャー、パンティや靴下、手袋にいたるまで、なんでも染めてしまいます。

夏の子供の洋服は、タオルのきれいなのを二枚買い、肩でつなぎ、袖のところだけを残して脇を縫うという具合で、なんでも簡単で安上がりでした。もちろんこれは小学校にあがる前の子供たちです。

私自身も、気に入った風呂敷《ふろしき》があると、二枚買って、同じ要領でブラウスをよく作りましたし、大きな布を三角に折り、首を入れるところをあけてまわりをかがり、袖は三角のままのときもあったり、着てみた感じで適当に切ったり、私のやり方は原始人そのものです。

最近のスルメの頭のようなレーンコートやジャケットを見ると、何十年も前にさんざん私の着たスタイルだなあ、と思います。

私が窮余の策で作ったものが、今は堂々のニューファッションというわけです。

そういえば、私の母も重ね着ファッションの先取りをしていましたね。私の古セーターを着て、寒いとその上に半袖のセーターを重ね着。私の長めのスカートは、背の低い母がはくと足首が出るぐらいのミモレ丈《たけ》。その上に子供たちの短いスカートを重ねた二段スカートをはいていましたもの。

私は、友達が遊びに来て、着るものがなくて困っているというと、彼女の肩を尺取虫よろしく手で寸法をはかり、ウエストやヒップはひもではかり、型紙なんてあったもんじゃなく、目分量であり合わせの古着を裁ってざくざくと縫い、帰るまでには作り上げて、「着て帰りなさい。ステキ、ステキ」と拍手をしてあげます。

友人は、「こんな寸法のぴったりした素敵な服は生まれて初めてよ」といって感謝してくれました。

こんなやり方で通してきてしまったので、貧乏時代も着るものにこと欠くということはありませんでした。

どこかのお店で、私のとても欲しい、でも、私には手の届かない洋服を見てしまったとします。私は、その服の色や材質や形をしっかりと頭の中にスケッチしておくのです。絵が描ければノートにスケッチしておきたいところですが、残念ながら、絵を描くことは全く苦手なのですから……。

私の頭の中の衣装だんすには、こうしていつも何枚かのお気に入りの服が日の目を見るのを待ちながらぶらさがっていました。

そして、どこかで似たような安い端布《はぎれ》を見つけると買い求め、頭の中のイメージに近いものを私なりに工夫して作りました。

テレビなど見ながら、手縫いで作ります。手縫いのほうがやり直してほどいたりするとき楽ですから……。私はただテレビだけ見ているということはないのです。手紙を書いたり本を読んだり、編み物をしながら、見ています。昔、ラジオしかないときも同じでした。ながら族のはしりですね。

さて、布地を買ってくると、床に広げ、型紙もモノサシも使わず、だいたいの目分量でジョキジョキと大きめに裁断してしまいます。そんなとき、パパがそばにいると、「ママ、大丈夫？　大丈夫？」とハラハラしながら、心配してうるさくいったものでした。

大きめに余裕をもって裁っておけば大丈夫、大丈夫。大きすぎたら、出たとこ勝負の工夫こそがまた楽しいもの。ゴムを通して絞ってみたり、タックをとってリボン結びにしたり、臨機応変です。目分量が狂って、少々といわず窮屈ということもありましたが、もちろん、私は少しもあわてず、両横を少しほどいてスリットを作ったりします。

「横があいてたって、何が悪いの」

といった調子です。

私は太っているので、麻とかサージとか材質のしっかりしたものは似合わず、ビロードとかナイロンのような、体に柔らかくくっつくものが好きですから、裁つのも縫うのも楽なのです。

なにしろ、上着とパンタロンの上下などは二時間もあれば縫い上がってしまいます。そうして、「まんざらでもない。ナウい、ナウい」などと自分で得意がっています。

でも、残念なことに、最近では縫う時間よりも糸を針に通す時間のほうが長くかかるようになってしまいました。

消えた帽子と羽根つきベレー

おしゃれの一番の決め手は、髪の結い方ではないでしょうか。どんなにいい服、素晴らしいアクセサリーでも、ヘアスタイルが悪ければ引き立ちません。あのキャサリン・ヘプバーンの、なんと知性漂うばかりの髪型でしょう。

決して美人とはいえないソバカスだらけのあの顔で、ああまで美しく、人を感動させるというのは、芸の力か人柄の魅力なのか、ただ脱帽するしかありませんが、外面的にいうなら、やっぱり彼女の一見無造作にも見えるヘアスタイルではないかしらといつも思うのです。

いい洋服を探すよりは、自分にいちばん似合った髪型を探し出すほうが、おしゃれの大切なところではないかと思います。それなのに、私は、いまだにどんな髪型がいちばん似合うのかを探し出せないでいます。そのうえ、貧乏性なのか、美容院へ行って髪をセットしてもらうのが嫌い、というより、ドライヤーに入っている時間がもったいないと思ってしまうのです。

それで、外出するときは、髪の毛におおざっぱにクリップを巻いてクリクリにカール、一応見苦しくないように顔のまわりを整えます。

でも、頭のてっぺんや後ろのほうは一人ではうまくできませんから、そのあたりを隠すために、仕上げに帽子をかぶります。いかにもかぶりましたという感じでなく、なにげなくかぶれて自分に似合う帽子をいつも一つだけは持っているようにしています。

そんなわけで、一昨年、ニューヨークで見つけた黒い帽子は、何物にもかえられない、大切な宝物なのでした。ちょっとベレー風ですがベレーではなく、目立たなくて、材質が柔らかいベルベットなので、いろいろなかぶり方が工夫でき、昼でも夜でも、どなたかとお目にかかるときでも失礼にあたりません。

それがある日、忽然《こつぜん》と消えてしまったのです。どこかに置き忘れてきたのかしら。出かけた順番にいろいろ思い出してみて、問い合わせたり探しに行ったりしましたが見つかりません。家の中のしまい忘れかしらと思い、布団のカバーの中まで探しまくりましたけれど、どうしても見つかりません。ニューヨークの友人に頼んで同じものを買いに行ってみてもらいましたが、もうありませんとのこと。絶望的です。

かぶっていきたい講演旅行に出かける日も近づき、さあ大変と、そこで私が考案した羽根つき帽子のことをご披露しましょう。

何年もしまい込んだままになっている古帽子の中に、柔らかな革でできた黒い大黒《だいこく》頭巾《ずきん》というか、ベレーふうなのがあるのを思い出しました。黒でないと私は困るのです。それは昔、友人からいただいてとても気に入っていたものでしたが、いざ取り出してみると、固くなって、カビがいっぱい生え、帽子が縮んだのか私の頭が大きくなったのか、かぶれたものではありません。

さてと……こういうとき、私はがぜん張りきってやる気になるのです。洗髪のあとにすぐリンスのぬるま湯の中に帽子を浸し、柔らかなブラシでまずカビを丁寧に落としました。よくすすいで新しいリンス液につけかえ、お湯がさめるとまた取り替えてと、根気よく繰り返しました。こうすると、コチコチになった革も柔らかくなるのではと思ったのですが、これは大成功で、ビロードのような感触が戻ってきました。

次に、帽子を大きくするため、新聞紙を折ったり丸めたりして、「のびろ、のびろ」と帽子の中にぎっしりと詰め込みました。

次の日、紙ボールをとりはずし、消えたあの大切な帽子の形をうろ覚えに思い出しながら、生乾きの皮をひっぱりひっぱり形を整えました。それからのアイデアが傑作なのですから、聞いてください。

一・五センチぐらいの帽子の縁に、鳥の羽根のリボンをぐるりとつけてみることにしたのです。その羽根は、もともと夏帽子についていたもので、いつかハワイに行ったとき、ガラクタ市で見つけたものでした。いろいろなガラクタの中に、一ドルの値札のついたストローハットがありました。リボン代わりにぐるりとついている鳥の羽根があまりきれいなので買ってきました。帽子は似合わないので、羽根だけはずして持って帰り、居間の壁に画鋲《がびょう》で止めていつも楽しんでいました。

赤、ピンク、グレー、黒い斑点《はんてん》のついているのもあり、何の鳥の羽根でしょうか。色のハーモニーもよく、とても美しい深い色合いをしています。

そうだ！　あの羽根を帽子の縁に縫いつけてみようと思い立ったのです。私の好きな黒一色や白一色のパンツルックに帽子の羽根がアクセントになって、結構似合いそうです。

大成功でした！　といっても、私一人がそう思っただけでしたが……。でも、それでいいのです。大満足なのです。

それから、何回かの仕事や旅行にかぶっていきました。消えてしまった前の帽子より、ずっと似合うのです。

仙台の講演に行ったとき、この帽子をかぶり、白いパンタロンスーツに黒い幅広のベルト、黒エナメルの短いブーツをはき、ホテルのロビーで休んでいました。

そのとき、しゃれた帽子をかぶった外国の中年のご婦人が、私のそばに座り、「あなたのそのハット、とてもステキですね」と英語で話しかけてきました。

その方は、帽子が大好きで五十個以上持っているけれど、あなたのみたいにすてきなのは一つもないわ、どこでお買いになったの？　とほめてくださいました。

私のアイデアもまんざらではないなあと、とてもうれしい気持ちになりました。失うということは、新しい発見を生み出す元かもしれませんね。

オーガンジーのボウで満足！

私の初めてのテレビ出演、ＮＨＫの『お母さんの勉強室』は、思いがけなく三度も再放送され、びっくりしました。

このとき、私は、例の鳥の羽根のついた帽子をかぶり、ブラウスには少女みたいなボウを結んでいました。このボウがあなたらしくてよかったと、テレビを見てくださった友人たちがほめてくれました。

実は、このボウは、一メートル二百円の洋裁材料用のフリルなのです。

あの日、うすいピンクのブラウスを着たいと思い、胸もとには何か春らしいものを結びたいと思いました。手もとにあるリボン、マフラー、ネクタイ、いろいろ結んでみましたが、なかなか気に入りません。

そうだ！　洋裁の材料屋さんに行って、きれいなレースを探してみようと思いつきました。お店にはブラウスなどの衿《えり》もとや袖口の飾りにつけるロマンチックなオーガンジーのフリルがたくさんありました。その中から、縁飾りのついた幅七、八センチの幅広のフリルを選びました。縁飾りのチロリアンテープは、うすいピンクの花柄です。衿もとに結ぶと、ひらひらと軽く、柔らかく、これならいいと思いました。

例によって人さまがどう思うかは別にして、私は心の中で大満足しているのです。上等の絹のマフラーやネクタイ、何千円もまた何万円もするものより、私にとってはそれに勝る、うれしい発見だったのですから。

昨年の夏、ニューヨークに行ったときのこと。街角に白人の乞食のおばあさんが立っていました。

持っている洋服をあるたけ、身上《しんしょう》全部身につけていました。色とりどり。長さもいろいろ。材質もさまざま。サイケ調というか、絢爛《けんらん》たる紅葉の木の葉を集めてまとっているという感じでした。手には七つも八つも袋をぶらさげ、髪の毛は汚れて金髪か栗色かわからないみたいに乱れています。

でも、色の白いやさしい顔立ちで、道行く人たちをニコニコとおだやかな表情で眺めていました。昔有名だった女優さんが、年老いてアル中になって出てくる映画の物語の一シーンのように思えました。とても美しく見えました。

笑い方もニヤニヤとかニタニタとではなく、ニコニコととても幸せそうで、私は手を振ってあげたいくらいでした。

「……何を食べ、何を飲み、何を着ようかと思いわずらうなかれ。まず神の国の御《み》心《こころ》にかなう生活を求めよ」

の聖書の言葉が、私の胸をよぎりました。

ニューヨークにはそんな人たちがたくさんいます。

私はまだ気がふれるところまではいってないらしいけれど、まんざら似てないこともないなあと思いました。あの人たちも精いっぱい自分流に生きているのだと思いました。

私も人はどう思おうと、自分の気が済んでいればそれでいいのですから。

私流のお城づくり

〝借りてきた猫〟という比喩《ひゆ》はどういう意味に使うのでしょうか。私は、どんなに立派な家でも、どんな小さな仮住まいの小屋でも、自分なりの、肌に合ったものに改造しないことには、借りられてきた猫みたいに、どうしても落ち着かない質《たち》のようです。

家族が外から帰ってきたとき、やっぱりわが家は心が安まっていいなあと思えるような家。住みやすく、心地よく、みんなが落ち着けるように、住まいをファッショナブルに創《つく》ることはとても大切なことだと思っています。

もちろん、待っている家族の心のあり方が、何を飾るよりもいちばん大切なことはいうまでもありませんが……。その両方をかねて〝愉《たの》しいわが家〟というのでしょう。着るもののおしゃれと同じように、私は住まいのおしゃれも、贅沢は望まないまでも、私流でないとだめなのです。

青森に疎開していたとき、リンゴ小屋を借りていたことがありました。リンゴを荷造りしたり、保存しておいたりするための小屋で、広さは十五畳ぐらい。屋根も家の外まわりの壁も、木の皮で葺《ふ》いてあり、窓が二つ。夜遅くまで仕事をするためか電気はありました。

ここは、私がすべて手作りのインテリアの腕をふるうのに、最高の条件でした。まず、カーテン作り。もちろんカーテン地などはありませんから、白いシーツに緑と赤の絵の具でリンゴの木とリンゴの実を一面に描きました。とても素敵でした。

周囲の板壁には、風よけと装飾をかねて、包装紙などの手もとにある紙をはりめぐらし、オフ・ホワイトのペンキを塗りました。

部屋の片側の隅に端から端まで、これは大工さんにお願いして、七十センチほどの高さに板を張ってもらいました。ここを子供二人のベッドにし、真ん中にリンゴの木箱を二つ横に並べて、両側から本などを入れられるようにしました。箱の上にもいろいろのせられます。箱には、色紙をカラフルにはりました。

リンゴの木箱は、私程度の細工屋さんには格好な材料で、楽しみにいろいろな物を作りましたね。

まず椅子づくり。木箱を伏せて上にふかふかの綿を置き、布をかぶせて釘《くぎ》で止め、そのまわりにフリルをたくさんつけて下までたらしました。布団の裏地の黄土色や紺色の木綿地でしたが、優雅といってもいい出来ばえでした。

電気の笠も、ボール紙を扇子のように幾重にも折り、絵の具で色を塗って絵を描き、その上から透明なニスを塗って、まずまずの仕上がり。

床は、板は敷いてありますが、土から高くなっているわけではないので、すのこ式のベッドを三つ、少し幅広に作ってもらい、昼間はすのこを重ねてソファ代わりにしました。

そして部屋の隅に掘りごたつの大きなのを作ってもらいました。大きなこたつは、日本人の生活の知恵というか、一家団らんにこれほどいいものはないと思っています。

空瓶にも紙をはり、外から摘んできた山百合などの花を飾ると、リンゴ小屋はたちまち上等な楽しい居間になりました。

こんな調子で、どの家に住んだときも、お金をかけずに、私流の城づくりをしました。

家の内も外も汚いところはペンキを塗り、入口の木戸は白ペンキを塗ってから鳥や花の絵を描いたりしました。絵はとても下手ですが、描きそこないは、シュールレアリスムだといってごまかします。

ペンキ、ニス、布さえあれば、私は最高にご機嫌です。ですから、手をつけられないような立派な家や庭はあまり好きではありません。

和室の唐紙《からかみ》も、そのまま使って住んだことはありませんね。水色やピンク色の縞柄《しまがら》の間に小花模様などのあるアールデコふうの壁紙に張り替え、畳にはカーペットを敷きます。つまり、茅葺《かやぶき》屋根の家であっても、なんとなく洋風にしてしまわないと落ち着かないんですね。

家が狭いときは、押し入れの上段をベッドにし、「おやすみなさい」といってアールデコの戸を閉めてやると、子供たちは喜んで安心して寝たものです。

かわいいアップリケの子供たちのベッドカバーを作るのも楽しみの一つでした。

そして、たとえ一坪でも庭があれば花畑にしました。

昔の家は和風だったこともあって、カーテンなどは重要視もされず、間接照明どころか裸電球がぶらさがっているのが普通でした。

現在では、室内インテリアは雑誌のグラビアページでも花盛り、アメリカやヨーロッパの生活スタイルの影響ということもありますが、やはり住のファッションが人間らしく心豊かに生きるうえでとても大切な要素であることに気づいてきたのだと思います。私は、私自身を専属のインテリアデザイナーにして、今でも部屋の模様変えはよくやっています。

衣、食、住といいますが、幸い私は、どれにも執着があって、料理も大好きです。漬物作りは特別好きで、ぬかみそはもちろん、梅干し、ラッキョウは毎年漬け込みます。

パン食にあうトルコふうの漬物をちょっとご披露しましょう。なめてみてちょっとしょっぱいなと思う程度の塩水の中に、お猪口《ちょこ》二杯ぐらいの酢を入れ、オリーブの葉を四、五枚。この中にキャベツをひと口ぐらいにざくざくと切って漬けるだけです。

トルコ人のヌーリヤさんのお宅でご馳走になり、あまりパンによく合い、おいしいので作り方を教えていただいたのですが、私はキャベツのほか、白菜やキュウリ、セロリ、ニンジン、大根なども漬けています。朝漬ければ夕方いただけますが――そのときは冷蔵庫に入れないほうがいいようです――漬かりすぎてもおいしいです。

私はこれをさらにアレンジして、オリーブの葉のかわりに、紫蘇《しそ》の実や、ショウガ、ユズなどを入れるときもあります。これはご飯にも合うし、お酒のおつまみにもよく、焼き肉やハムを盛った大皿のまわりにぐるりと飾ってもきれいな、サラダふうのお漬物です。

　アルコールは家族全員だめなのに、果実酒や梅酒づくりも大好き。十年前に漬けたオールドが、飲んでほしいと叫び声をあげているのに、いただくのは一年に一回。暮れにみんなが集まるとき、ワイングラスの氷の上にちょっとかぶさるぐらい注いで飲むだけです。それでもくだものの安い時季になるとつい漬け込み病がはじまるのは、その美しい色に魅かれるからです。

　子供のころの色水作り、染めもの、花好きの延長線の上を、私は何歳になっても飽きずに歩きつづけているようです。

　私の母は、お料理が全然だめな人で、どうやったらこんなにまずくできるのか、不思議なくらいの人でした。

　外見はとてもやさしくて女らしいのに、女のすることが全くできない人でした。

　お裁縫とか、編み物とかをしているのを見たことがありません。私はといえば、男の兄弟と一緒に釣りに熱中したり、木に登ったり、おてんばなのに。人って見かけにようないものですね。

母はいつも一人で静かに本を読んでいましたが、そのわりに話が面白いということもありませんでした。でも、孫たちとはお義理でなく、本気になって一緒に遊んでいましたから、案外子供っぽい人だったのかもしれません。

母は、私のことを、「チョッちゃんは、なんでもよく応用がきくのねえ」とほめてくれましたが、また「天に宝を積みなさい。チョッちゃんはこの世的ねえ」とよくたしなめられもしました。

私は、自分のことをとても夢っぽい人間と思っていますが、本当はとても現実的な人間なのかもしれませんね。

いつもいきあたりばったりのようにここまできましたが、神様と母の祈りがあぶなっかしい私を守っていてくれたのでしょう。

花の話はきりがない

趣味人だった父

雨が降ってきた！　家じゅうの者が総出で庭に飛び出すと、父の丹精の大ダリヤに、番傘をさす作業がはじまります。

毎夏、家の庭には西洋皿の大きさぐらいのダリヤが、色とりどりに何十本と咲いていました。私が七、八歳のころのことですから、あるいは花が実際よりずっと大きく記憶されているのかもしれません。

ダリヤ姫に雨がかかると、雨の重みで茎が折れたり、花が腐ったりするので、いつでもおっとり傘をさせるように、太い茎の根元には一本ずつ、番傘とひもが用意されていました。母がダリヤよりも先に洗濯物などとりこむと、「ダリヤが先だ！」と、ワンマンの父にどなられていたものです。

この町で誰がいちばん大きくみごとなダリヤを咲かせるかというコンクールに出して、よく入賞もしていたようです。

花畑のあちらこちらに、鯛釣草《たいつりぐさ》の大株がハート形のかわいいピンクの花を弓なりにつけて咲いていました。ちょうど釣竿《つりざお》に小さな鯛をいっぱい釣りあげたような感じでした。

雪がとけると、沢の横の土手にいちばん先に福寿草が咲き、芍薬《しゃくやく》の赤い芽が、まだ冷たそうな黒土から、遠慮深いご挨拶のように、ちょこんと顔を出します。ピンク色の片栗《かたくり》の花も可憐《かれん》で美しく、私は毎日、花の咲く場所を蝶《ちょう》のようにめぐっては、飽かずに眺めたものでした。

私は、父のように、ダリヤとか菊などはあまり好きではありませんでした。絢爛と得意気に咲く花よりも、どこかの隅にひっそりと咲く花が、だいたい好きでした。それは今でも変わりません。

でも、父のことを思い出すと、なかなか趣味人だったなあと思います。

私の父は、祖父が旧藩の御典医で父も医者でしたので、今の東北大学医学部、当時の仙台医学専門学校を出て医者になりました。中国の革命家、魯迅《ろじん》と一緒に机を並べて勉強したことや、斎藤秀雄さんのお父さまで、英語辞典をつくられた斎藤秀三郎先生に、英語の授業を受けたことは、父の自慢の一つでした。

卒業後二、三年、父親のもとで働いてから、頼まれて北海道の滝川という、無医村にも近いようなところへ行って開業しました。

バイオリンを弾き、尺八は玄人《くろうと》はだし、謡《うたい》も上手で、結婚式があると必ず〝高砂やア!〟を頼まれていました。

それから、鳥刺しの名人でした。長い細い竿《さお》の先に丹念にもちをつけ、さっと槍《やり》を刺すような格好ですばやく鳥にくっつけて捕らえるのです。暇があると、二、三人連れて、山に鳥刺しに行き、ウズラとかカケス、ウソなどを捕獲して帰ってきたものです。

山へ行く前の晩は、鳥を呼ぶための竹笛を作ります。その笛は、小刀をよく研いでおいて、竹を七、八センチにスパッと切り、上のほうに穴をあけ、口のところは吹きやすいように片方を斜めに切り落とします。「この笛の音色ならなんの鳥がくる」とか、おとりの声にもいろいろあったようです。

どの鳥は捕らえてもいいとか悪いとかという法律もなかった時代ですから、捕りたい鳥はかまわず捕らえてきたのでしょう。

黄色のカナリヤだけは鳥屋さんから買ってきましたが、そんなわけで家では何十という鳥かごが並んでいて、鳥刺し仲間とお茶を飲みながら、よく鳥談義をしていました。

魚釣りも、とりわけ好きでした。

餌箱《えさばこ》の中には、釣針に小さなきれいな鳥の羽根をつけたのがいっぱい入っていました。これで魚をひっかけるのかと思うと、かわいそうでいやでした。せっかく、美しい自然の川でスイスイ遊んでいるのに、あんなものでひっかけるなんてと、口には出しませんでしたけれども……。

あるとき、父と父の弟、つまり私の叔父《おじ》と二人で釣りに出かけていったら、たくさんの鮭が泳いでいて、二人は釣道具など放ったらかし、洋服も着たまま、ジャブジャブと川の中に入っていき、大きな鮭を一尾ずつ手にさげて帰ってきたことがありました。二人とも、「もううれしくて、天にも昇る心地がした」といっていました。きっと鮭の来るような川でもなく、手でつかみとるなどというのは珍しい事件《こと》だったのでしょう。それから鮭の料理が大騒ぎではじまるのでした。

釣竿をまたいだりすると、「釣竿を女がまたぐと、魚が釣れない」といって、とても叱られました。

初夏になって、「キンギョーオ、キンギョ」と金魚屋さんが威勢のいい声で売りにくると、父は必ず家に呼び込んで、ほとんど丸ごと買ってしまい、金魚用の雨戸ぐらいの大きさの木の箱に水を張って泳がせました。昔はなんでも安かったので、全部買ってもたいした値段ではなかったのでしょう。

金魚屋さんが来ていちばんうれしかったのは、おまけに海ほおずきがたくさんもらえることでした。ナギナタほおずき、キンチャクほおずきなど、赤く染めたほおずきは本当にうれしくて。ギュウギュウ、ビュウビュウと一日じゅう鳴らしつづけ、夜になっても止めないので、「夜、ほおずきを鳴らすと、蛇が出てくるよ」とおどかされ、怖くなって止めたものです。

十年ぐらい前までは、縁日などにはかわいいかごに入れた赤や黄色の海ほおずきを売っていたものですが、最近は見かけなくなりました。海が汚染されて、みんな死滅したのでしょうか。

私は、あまり昔を懐かしがる性質ではありませんが、こういう自然のいとしいもので子供たちが遊ばなくなったのは、寂しい気がします。

父は、ビリヤードの腕前もプロ級でした。家の中に玉突台が置いてあり、お客が来るとよくやっていました。ピンクやワインカラーやそれらの微妙に混じり合った大理石の玉が何十個とありました。でも、玉突台の上に敷いてあるグリーンの色は嫌いで、

「玉はこんなにきれいなのに。この台の色は大嫌い」

と思っていました。グリーンでも、私はアボカドグリーンはとても好きで魅かれますが……。後年アメリカに行って、ビリヤードグリーンという言葉があるのを知りました。

私は女学校が町にないので、小学校を卒業すると岩見沢《いわみざわ》で寄宿舎生活をし、女学校を出るとすぐ上京して音楽学校に入り、そのまま結婚してしまったので、父を男として、人間として見たことがなく、どんな人だったのだろうとときどき思い出します。

威風堂々とした風貌《ふうぼう》で、ワンマンでしたけれど、案外気の小さな、心の弱い人だっ

たのかもしれないと思ってみたりします。そんなふうなので、私は母の影響ばかりを大きく受けたつもりでいましたが、花に夢中になるところなどは、実は父親ゆずりなのかもしれません。

でも、私が花づくりに凝ったのは、バイオリンと私以外全く趣味のない主人の気持ちを、なんとかリラックスさせて花のほうに引き込みたいというのが本音だったと思います。

幸い、主人は花に関してはなんでも手伝って私を喜ばせようとしてくれました。それはバイオリン以外に主人のできる唯一のことでした。お金の工面や子供の学校のこと、その他生活上のいろいろ煩雑な処理は、主人にとって全く関知しない世界でしたけれども……。

結婚してすぐのころでした。いちばん安い桜草の鉢を買ってきて、それを木のミカン箱に植えました。花が終わったあと、種が周りの土にこぼれて菜っぱのようにたくさん芽を出しました。

それをあり合わせの植木鉢全部に二本くらいずつ移し植え、ミカン箱のほうの若芽もすくすく大きくなって、半年も経たないうちに、どの鉢にも買ってきたときよりも立派な花が咲きました。

主人は、花咲か爺《じい》さんのように手をたたいて、

「ママ、すごい、すごい」

といいました。私は、花屋さんになろうかしら、そしたらずいぶん生活のたしになるだろうなあと、本気で考えたりしました。

この成功に勢いを得て、主人は自分でやってみるといって、大輪の朝顔を咲かせる本を買ってきて、一人で種をまき、丹精こめて、みごとに大きな花を咲かせました。

しぼんでしまう前に花をとって、アルバムにはりつけ、

「そこをちゃんと押さえてないから破けちゃったんじゃないの」

とかケンカしながら、いろいろな色の朝顔の押花帳をつくりました。引っ越しの荷物整理のとき、このときの古ぼけたアルバムが出てきました。花はみんな落ちてしまっていて、糊のところに少しくっついている花びらや、アルバムからはみ出すほどだった花の大きさを思い出させる、にじんだ跡がついています。

思い出を語る相手も今はなく、私は見るのが辛くて、パタンと閉じてしまいました。私は二人で一緒に行ったところ、一緒に歩いた道には行きたくないのです。私は、薄情な女なのでしょうか。思い出して泣いたりすることには、目をつぶりたいのです。いつか傷が癒《い》えたら、平気になるのでしょうか。

「今度生まれ変わっても、ママと一緒になりたいよ」といつもいっていたパパ。
「まっぴらごめんだわ」と、いつも答えていた私。すると、「そうだろうなあ。わかるよ」と、パパはいつもしょんぼりしていましたっけ。

さて、私の作戦勝ちで、すっかり花好きになった主人は、北千束の駅のそばの家に住んでいたときは、バラづくりに凝って、庭じゅうバラだらけ、垣根のアーチもつるバラでした。

駅のホームで電車を待っている人は、みんな家の庭のバラに見とれていました。

そのうちに、朝日新聞社から、写真を撮らせてくださいと、カメラマンと記者の方が見えて、「音楽家の庭」という見出しで大きく出してくださったこともありました。

元肥《もとごえ》が大切だから、牛糞と鶏糞を十俵以上も買うというので、私は機嫌を悪くしてしまいました。人間の肥料にもこと欠くありさまだというのに……。

主人も怒って、

「じゃあ、もうやめた。みんな踏んづけちゃう!!」

といい、本当にやりかねないので、私はお金は惜しかったけれど、気をとり直して買ってあげました。肥料はすばらしく効いて、何十本という芸術的な花が咲きそろいました。元肥というものがいかに大切かということを、このとき知りました。

ピンク、黄色、オレンジ、黒いほどの赤、しぼり……。そして、花の名のニクイこと。マダムバタフライ、プリンセス何々、クイーン何々……。

ピースは、つるバラですが、大きくて丈夫でたくさん咲いて、私は来る友達みんなに切ってあげました。

「どこかへ行って売ってきたいぐらい。花売娘やってこようかなあ」

と冗談をいうと、芸術家の主人は、

「ママは、すぐにお金のことをいう」

といって、いやがりました。

山を埋めた幻の花

五十年前、女学校の寄宿舎にいたとき、私はあじさいが捨てられなくて、花の色のいちばんいいところを乾かしてドライフラワーにしました。また一面の雪の中から首を出している赤茶色のとげとげしたアザミをたくさん集めてきて、大きな壺にさしておいたりしました。友達に、

「チョウちゃんの机の上のもの、汚い、汚い。捨てなさい」

と叱られたものでしたが、最近はクラス会などで、

「チョウちゃんのドライフラワー、早かったわねえ」

と遅まきながらほめていただいてます。

バラの切り花なども最後まで捨てません。眺めたあと、カラカラになった花を、深いガラス瓶の中に、色分けして入れておき、テーブルの上に飾ります。

フリージアでもストックでも、きれいなところをとって瓶に入れて眺めます。花のくずかごです。ポプリなんてきめないの。自分流にするの。

ベルの形をした花は、大きいものでも小さいものでも、大好き。鈴蘭《すずらん》、釣鐘草《つりがねそう》、蛍袋、エリカ、ソバナ、ベルフラワー、岩鏡、岩沙参《いわしゃじん》、ユリ科のすべて。ボローニア、これは最高の香りです。

やはり、花の生命は、香り。金木犀《きんもくせい》は、夕闇《ゆうやみ》の中から、「ここよ、ここよ。ここにいるわよ」と、呼び込んでくれるようなせつない香り。枝を切るとすぐパラパラとこぼれてしまうので、昨年は、木をゆすってザルにとったのを、タッパーに詰め込んで、冷凍庫に入れておきました。いつあけてもいい匂い。お米のようにパラパラと、色もきれいなオレンジ色のままです。

桜の花びらも、たくさん拾って冷凍庫に入れておくと、とても素敵なアイスチェリーになります。グリーンの桜もなかなかいいものです。

花を冷凍することを考えついたのは、十年ほど前、ハワイの蘭のレイをお土産にいただいたときでした。生まれて初めて見たその美しさ、その匂い。なんとか美しさを保存できないかしらと考えついたのが、タッパーに入れて冷凍する方法でした。

白、ピンク、うす紫のかわいい蘭の花を、そのままの色でいつまでもいつまでも楽しく眺めました。一年経っても、まだかすかに香りが残っていました。

十年ほど前、友人と文京区西片町《にしかたまち》の屋敷町を歩いているとき、アメリカハナミズキを初めて見て感激しました。見知らぬ家の呼鈴を押し、「大変すみませんがあまりきれいなので……」といって花の名を教えていただきました。

昔、尾崎咢堂《がくどう》さんが、日本の桜の木をアメリカに何千本と贈ったお返しにいただいたのが、このアメリカハナミズキとか。日比谷公園に、そのときのいちばん古い大木があるとききましたが、見に行ったことはありません。

最近は、挿木《さしき》などでどんどん増えて、値段もとても安くなりました。白は、紋白《もんしろ》蝶《ちょう》がヒラヒラと飛んでいるみたいだし、ワインカラーのレインボーも色がきれい。

花と見えるのは総苞《そうほう》だそうで、四つの花弁が十字架のようです。咲きはじめのころ切り花にしてコップなどにさしておくと、日に日に大きく一週間で三倍ぐらいに伸び、ちょうどリボンを結んだような感じの花が長く楽しめます。

私の指は、友人にいわせるとグリーンサム（植物の育て上手）だそうで、挿木が大好き。花でも木でもずいぶん増やして育てました。

花はやはり、多年草。毎年春が待ち遠しくなります。花とともに自分の命の確認ができますから。葉がきれいで繊細で、放っておいても虫のつかないものが、いちばんいいですね。

ポピーの、あのセロファンのような柔らかな花びら、とてもいいですね。雷帽子をかぶって、ちょっと中の色をのぞかせて頭をたれているところがかわいいです。咲ききって花びらがこぼれそうになったら、咲かないままに終わった蕾《つぼみ》と一緒に、冷凍庫に入れておきます。

コスモスも、大好き。北海道の小さな駅の官舎の庭に、きれいなきれいなコスモスが咲いていたっけ。コスモスの色は、北海道がいちばんきれい。青い空の色がよく似合うからでしょうか。

大雪山の麓の黒百合の群落の素晴らしかったこと。花と写真はとっても罪にならないときいたことがあります。一本ぐらい盗みたいほど美しかったけれど、やめました。

ジギタリスも好きな花。二メートルぐらいに丈が伸び、ベル形の白紫色の花を咲かせます。

子供のころ、滝川の野山にたくさん咲き、私は摘むというより、もう〝刈り取る〟という勢いで両手にいっぱい抱え込み、友達にもあげたくて配って歩いたものでした。〝花の配達人〟をよくやりました。

何年か前、その懐かしいジギタリスを花屋さんで見かけ、七、八鉢いろいろな色のを買ってきて、鎌倉の家の庭の傾斜地に植えました。

次の年、どうしたはずみか、山じゅう隙間《すきま》もないほど、千本ぐらいのジギタリスが咲きました。

一メートルぐらいの丈で、ピンク、白、うす紫、濃い紫、ローズ、それらの混ざり合った色と、植えない色まであって、もうもう気の狂いそうなほどのうれしさでした。

翌年を楽しみにしていましたが、それ以後は一本も咲かず、もうあれは夢か幻だったかと思っています。

日はまた昇る

レールを敷かない

女の一生のうちでいちばん幸せなときは、子供をひざの上にだっこしているときだといわれています。

でも、子供が乳幼児のころは、一日じゅう育児に追いまわされて、幸せをかみしめるゆとりが持てないものです。ああ早く自分でご飯が食べられるようになったら……おむつがとれたら……楽になるのに。幼稚園に行ってくれたら少しは自由時間が持てるのに……と思いながら暮らしているものですね。

私もそうでした。昼間、子供の世話でクタクタなのに、夜泣きをされて寝不足の毎日。一日でもいいから、だれにもじゃまされずにのうのうと大の字になって眠りたいと、何度思ったことでしょう。

でも、過ぎ去ってみると、母であるこの私だけを頼りに生き、日一日と昨日とは違う成長を見せてくれるいとしさは、かたじけないほどのものです。ちょっと席を立とうとすると、あわててスカートの端をつかんで置いていかれないようにすがりついてくれました。

親子が一緒に暮らす年月も、考えてみれば短いものです。その毎日は、必ずしも平和で愛に満ちたものではなかったにせよ、振り返ってみるとやはり懐かしい思い出ばかり。人間はみな、いちばん幸せなときを気がつかないで過ごしているんですね。

お誕生が近くなり、そろそろ歩きだすかしらと思うころ、どの子にもかわいい靴を買いました。買ってくると小さな足におもちゃのような靴をはかせてみて、それだけでもキャアキャアとうれしがったりしたものです。

そしてある日、初めて一歩、二歩と歩みはじめたときの喜びと感動、何メートルか先から両手をさしのべて、

「こっちこっち、ここまでおいで」

と夢中です。

そして、この瞬間は、子供にとっても自立の第一歩。自分の意志と力で〝歩く〟という大冒険に挑戦して、緊張と驚きと喜びにきらきらと輝くあの瞳《ひとみ》……。

このときのことは、生涯忘れてはならないのだと思います。親と子の関係は、これ以上何を望むというのでしょう。

私は、結婚などを考えてもみないうちに結婚し、母親になりたいと思わないうちに

若い母になりましたけれど、不思議と初めから子供と私とは別の人格と思っていました。

親はただ育てる役目というか、ベストを尽くして育てさせていただく任務を持つだけだと思います。

でも、とかくかわいさ余って、親はレールを敷きたがるものですね。

わが子が幸せな人生を歩めるようにと、どの親も理想や希望を持って育てることには間違いありませんが、夢を託すのは悪いことではないにしても、親と子はまったく別な人間であることを、しっかり自覚してあたるべきだと思います。

小言は十回に一回

子供は、ときにはウソをついて親をだまします。

たとえばお小遣いがほしいとき、余裕のない経済なのは子供たちも百も承知ですし、使いみちをいえばもらえないお金をいかにして手に入れるか、策をろうするのも成長の一段階といってもいいでしょうか。

「ママ、二月分の月謝ちょうだい」

「あれ？　まだあげてなかったっけ？」

堂々とした請求をうっかり受けてしまうことがありました。

あとで二度払いに気がついても、私のほうにも確信と証拠（?）がなかったのですから、子供の作戦勝ち。「ママをだましたわね」などと追及はできません。

そのかわり、何度も同じだまされ方をしないように私も知恵を絞ります。メモをとることにしました。

「行きに落っこちた落とし穴に、帰りも落ちないように気をつけなくちゃねえ」

というのが、私の子供たちへよくいうアドバイスなのですから。私自身は、ときどき落っこちますから。

さて、味をしめたか、見くびったか、敵は同じ作戦でやってきます。

「ママ、三月分の月謝ちょうだい！」

「あら、あなたの学校はひと月に二回も月謝とるの？」

とニンマリとぼけて応酬、子供はテレたように笑って、

「バレタか」

こういうときも、「もうあげたじゃないの！」とは決していいませんでした。これからしなければ、それで十分なのですから。

私は子供に小言をいいたいときも、がまんして、十回に一回しかいいませんでした。そして、その大切な一回を、どういうふうにいったら子供に私の気持ちをわかってもらい、やめてもらうことができるか、本当の効果をあげることができるかを真剣に考えました。

「この前もしたじゃないの！」「何回いったらわかるの！」と私がいわないのは、私の父母があっぱれというほど古傷にふれることがなく、そのことを何度も感謝したのを覚えているからです。

お金のことは、私はいつも正直に家の家計の収支をはっきり知らせ、子供たちの要求があると、今いちばん何に使うべきかをみんなで相談しました。

その他のことも、子供がどうしたいのか、それが親としてどこまで妥協できるかを、いつも相談し合ってきました。

ただ一方的に、親の権威で叱るということはしませんでした。そしてどの子も私には口答えというものをしたことがありませんでしたね。

こんなこともありました。

末息子が小学二年生のころ、女の子のお友達のお母さんが、

「貴之くんが、うちの子のセーターをドブの中に投げて泥だらけにしてしまったんですよ」

と抗議に見えたことがありました。

私は、うちの子ならやりかねないと思い、平身低頭あやまって、そのセーターはクリーニングさせていただいたらいいのかしら？　それとも、新しく同じようなものを買わせていただいたらいいのかしら？　と、心の中で考えていました。

「とにかく、本人に謝らせますから」

といって、貴之を呼びました。

「どうして、人のセーターをドブに入れたの？」

ときくと、

「うしろからA子ちゃんが二回も三回もセーターを僕の頭にかぶせるからさ。いやだよっていって放り投げたらドブに入っちゃったんだ」

といいます。それならとってもありそうなことで、結果はともかく、全部が全部、貴之が悪いともいえません。

「ほんと？」

とA子ちゃんにきくと、A子ちゃんも、

「うん」

といいます。

男の子はどんなことがあったか何もいわないので、あとから人に聞いて初めて知ったということがずいぶんありました。でも顛末をきいてみれば、叱ったり非難したりできないこともたくさんあるものですね。息子をかばうつもりで書いたわけではありませんが……。

お母さんが抗議にこられたことで貴之がどんな気持ちになったかちょっと心配でしたので、

「A子ちゃんは、きっと貴之くんのことが好きだから、何度も意地悪したのよ、きっと。女の子ってそんなことするものよ」

と、あとで貴之がA子ちゃんに何かこだわりを持つことのないように注意しました。

子供を育てることは、ただ食べさせて着せるということではありません。

子供の心をどう育てるかということです。心の貧しい人間にはなってほしくありません。明るくのびのびと、そして人の心の痛みのわかるやさしい子になってほしいと思いました。そのことはいつも頭の中にありました。

おいしいものはお友達にもあげるというようなことが、大切なのではないでしょうか。珍しいおもちゃなどをいただいたりしたとき、私は子供にいいました。

「得意になって見せびらかしたらダメよ。もしお友達に貸してといわれて貸してあげられるのならいいけれど、貸してあげられないのなら外に持って出てはダメよ」

と。相手の気持ちを考えることの大切さは、いつもいっていたように思います。

私が子供たちを育ててきたのではなく、子供や夫にここまで育てられてきたと感謝しています。私の母は一度も私を叱らず、小さいときから私の人格を認めて扱ってくれ、そしていつもいつも私のために祈ってくれていました。私は母のように立派ではありませんでしたが、きっと子供たちは、私たち夫婦の嫌いなところ、そして少しはいいところを認めてくれれば、それも加えて自分たちの子供を一生懸命育てていると思っています。

人間としていちばん大切なものは何か、ということだけでも、子供たちに伝えてほしいと思っています。それは、命を大切に、やさしい心を持って生きるということでしょうか。

男の子との攻防戦

男の子というのは、赤ちゃんのころから母親にとっては特別いとしく感じられるものです。子供のほうも、それはかわいく甘えて母親を慕います。それなのに、いつの間にかだんだんと親をうるさがり、話しかけても返事もしなくなります。むっつりとして不機嫌な顔をし、恐ろしいというか、えたいが知れないというか、女親にとっては怪物としか思えないような時期がやってきます。

十六、七歳ぐらいになると、もう学校のこと、友人とのことなどさっぱり話してくれません。

女の子は、何か悩みがあるようだと思ってもある程度想像がつきますし、心配しながらも時を待っていると、必ずといっていいほど「ねえ、ママ、こんなことがあったのよ」と打ち明けて話してくれます。

ところが、男の子は、そういう点、立派というか、男らしいというか、すんでしまった過去についてはいわないものです。個人差もあるとは思いますが。

特別無理して「今日はステーキにしたわよ」なんて、お世辞を使っても、その愛想の悪いこと。

ニコッともしないで考え込んでいたりすると、いったい何を考えているのだろう、何か悪いことをたくらんでいるのではないかしら、と思えるほど心配します。

息子が高校時代、日記をつけているのを知っていました。書くことは、自分への問いかけでもあり反省でもあり、ストレスの解消にもなり、とてもいいことだと思っていました。

こっそり読みたいけれど、それは卑怯《ひきょう》だし汚いやり方だと思ってがまんしていましたが、毎日の様子を見ていると、どうしても心配で、読む決心をしました。

不思議とうちの男の子二人はきれい好きとみえて、部屋も机のあたりもきちんとしています。日記帳のありかを探し、読んだことがわからないように、この本とこの本の間とか、上にハサミが斜めに置いてあったとか、状況をよく確かめてから取り出して、元どおりにそっとしまっておきました。

盗み読むことには罪を感じながらも、親としては子供の状態を知る義務がある、などと、自分を無理に納得させていました。読んでみても別にたいしたことは書いてないのですが、やはりときどき心配になると、心を鬼にして読んでいました。

ある日、例のごとく日記を読むと、なんと、最後のところに大きな字で、

「ママ、僕の日記は読まないでください。もう書くのはやめます」

と書いてありました。私はがく然として、自分の愚かさがいやというほどこたえました。

次の朝、息子が起きてきたときにすぐに心から謝りました。

「ごめんなさい。悪いと思ってるわ。二度としないから許してね。でも、母親って、男の子が何を考えているか見当がつかないものなのよ。心配でたまらなかったの。だって、前みたいに何も話してくれないし……」

息子は、

「いいよ」

と不機嫌そうな顔でひと言いっただけです。

女友達からの電話を取り次ぎたくないと思うこともずいぶんありましたし、他の部屋でこっそり盗聴して、これもやっぱりちゃんとバレて、声がしないなと思っていると、後ろから、「ワッ」とおどかされたり……。そんな親離れしている子と、子離れできない親とのみっともない攻防戦が、何年つづいたでしょうか？

高校の夏休みに、紀明が空気銃が欲しいといいだしたとき、私は反対してお金を渡しませんでしたが、小遣いをためて自分で買ってしまいました。私は事故がないことを祈るしかありませんでした。

一か月もしたころ、「僕もうやめたよ」といって、その銃を私に渡してくれました。空に向けてバンバンといたずらしていたら、すれ違ったどこかのおばあさんが、

「ナミアミダブツ　ナミアミダブツ」

と、お念仏を唱えていたからといっていました。

夏休みは毎夏、勝浦に小さな家を借りていましたが、紀明は海が好きな子で、夏じゅう友達と海にもぐって銛《もり》で魚を突くことに熱中していました。どしゃぶりの雨の日でももぐっていました。イタリア製の銛のついた矢のようなものをアルバイトして買ったといって見せてくれましたが、もし昆布の陰に海女さんでもいて刺してしまったらどうしよう、あのおそろしい銛の先が頭にちらついて心配で心配でたまりません。

でも、反対してもやめてくれるわけでなし、また危ないからあれもだめ、これもだめといえば、ますますやりたいと思うだろうと思いました。結局私は、「やめなさい」とはいわずに我慢しました。

飲酒や喫煙のこと、バイクのこと、本当に胸も張り裂けそうに心配なことがいろいろとありましたね。

末息子は、私が四十七歳のときの子供なので、大人ばかりの中で育つのは教育上よくないと思い、中学から全寮制の学校に入れました。

男子の全寮制となれば、上級生の命令は至上です。夜中に、「オイ、シュウマイ買ってこい」「オイ、タバコ買ってこい」といわれれば、夜中の外出が禁止でも逆らうわけにはいきません。窓からこっそり出入りするところを先生に見つかり、「どこへ行ってきた?」「だれに頼まれた?」と問いつめられても、本当のことはいいません。学校へ呼び出されてお叱りを受けることなどはたびたびでしたが、私は、「あなたのために恥ずかしい思いをした」とか、「どうしてそんな悪いことばかりするの」とかいうことは一度もいいませんでした。

よく、「うちの子にかぎって」という言葉をききますが、私はそんなことは一度も思ったことがなく、反対に、この親の子なのだから呼び出されることがあっても当然だと思いました。

寮の近くの小さな山に、子供たちが秘密の横穴を掘ったことがありました。八畳ぐらいの広さがあって、そこに拾ってきた板切れを敷きつめ、学校の倉庫などからコカコーラやチョコレートなどを失敬してきて、食糧倉庫にしていたのです。悪事に力を合わせるということは悪いことには違いありませんが、横穴を掘って自分たちの別荘をつくるなどは、ある種の冒険心、好奇心といえなくもありません。

そのころ、

「子供を育てるということは、体じゅうの骨も肉もバラバラになるほど苦しまなければ一人前の親とはいえない」

と、ある教育者がおっしゃっているのをきき、それじゃ私はもっともっと苦しまなければいけないのかしら、子供を育てるということはなんと難儀なことだろうと思いました。

子育てにかぎりませんが、つまずきや失敗をどう切り抜けてマイナスをプラスにして前進するかということがいちばん大切なことだと思います。失敗がなければ成功もないと思います。

自由も解放も好奇心も、子供が一人前になるためには必要なことです。でも、勝手気ままにしたい放題をすることが、自由で解放で好奇心を満たすこととはいえません。どこまでが自由の限界なのか、自分が怪我《けが》をせず、親にも心配をかけず、人に迷惑をかけないという枠の中で最大限いかに満ち足りた充実した日々を過ごすことができるかを、子供自身が考えていかなければなりません。

自由を得るためには、いろいろな不自由に耐えることが必要です。

子供にこうなってほしい、偉い人になってほしいと親が願うのでなく、子供自身がこういう人間になりたいと願うことに親は力を貸し、相談相手になってやり、あとはただ祈るしかないと思います。

今は息子たちもそれぞれよい家庭を築き、二人の子のパパになって、私にもとてもやさしくしてくれます。

嵐もあれば晴れる日も必ずある人生ですもの。日はまた昇る。いろいろあったけれど、もうきれいさっぱり忘れました。

友達という宝物

どこかでばったり

パパはバイオリニストだったからということでもないと思いますが、普通の人とはまったく違った生涯を生きて、終わりました。

朝レコードを聴き、自分も練習し、時間が余れば古いなめし皮かネルのボロ布でバイオリンをなでるようにふいていました。

そしてときどきバイオリンを立てて左手でネックの部分を持ち上げ、じっと眺めていました。歓喜にあふれた愛情のこもった目で……。夜中、音を出せないときは、これをいつも繰り返していました。

バイオリンを教えはじめた息子には、いつもこういっていました。

「友達なんてなんの役にもたたないんだぞ。時間がムダなだけだ。ステージに上がったら、大統領の息子だろうが、どんな大金持ちの息子だろうが、なんの助けにもならないんだ。自分の腕を磨くしか、ほかには道はないんだ。いざ何人かで合奏しようというときには、どんなに親しい友人でも友達だからというだけで仲間には入れてもらえないものなのだ。勉強しろ。時間があったらいい演奏会を聴きに行くことだ。いいレコードを聴くことだ。それに耐えられないんだったらやめたほうがいい」

パパには心からの友人もなく、これといった趣味もなく、お酒も飲まず、パイプのタバコをときどき楽しげにふかす程度。でも、その姿には、孤独な寂しさといったものはありません。バイオリン以外には地位も名誉もお金も関係ない感じで、その生活態度は本当に立派というかみごとというか、ひたむきなところは尊敬に値する人でした。

ただし、生きていく以上は避けては通れない生活上の面倒なこと、煩雑ないろいろな問題にはいっさい相談にのってもらえず、またのれる人でもありませんでした。

お米やお金がなければ、「食わなきゃいいじゃないか」、それでおしまい。手紙一本書くわけじゃなし、電話に出ることもない人でした。

子供がいい子のときは「おれの子だから」といい、悪いときは「ママの子だから。ママの育て方が悪いから」と単純明快。この世の中の面倒な雑事とは無関係で終わりました。

一方、私はといえば、パパとは対照的に数えきれないほどの友人がいて、いつも友人に助けられ、私のほうも友人のために役立つことがあれば喜んでやってきました。木登りの名人だった子供のころの私の呼び名はチョッちゃん、女学校時代の友人からは、朝子さん、四十歳を過ぎたころの友人は、お蝶《ちょう》さん、かげでは、お蝶夫人とも呼ばれていました。

海外に講演に出かけるようになってできた友人たちには、チョウさん、外国に住む友人たちは、チョウ。アメリカでとくに親しい友人の子供はなぜか私をアンナと呼び、友人たちも同じく、アンナです。

子供たちの学校の父兄からは、黒柳さん。

何十年も会わなかった人とどこかでばったり会ったとき、私を呼んでくださる名前で、いつのころのお友達かがすぐにわかります。

息子たちは活発でやんちゃで悪さもひととおりやってくれたので、よく学校に呼び出されてお叱りを受けました。そういう呼び出され仲間のご両親とは、とくに血の通った、ウソのないおつきあいをしてきました。

私の友人とのつきあい方は、自分をとりつくろって、実際よりよく見せようなどと思わないこと。ウソもカクシもなく、ただ一生懸命つきあうこと。好き嫌いは、それぞれの感性がありますから、誠意をもってやってもわかってもらえない人がいるのはしかたがないことだと思います。

私はつきあいがよくて、八方美人に見えるけれど、なかなかどうして頑固なところもあると思っています。

ただ、私自身がトンマなので、人の失敗を笑ったり、とがめたりはしません。むしろ親近感をおぼえて好ましいと思うくらいです。私のことを、

「あなたは生まれっぱなしの人ですね」

と批判する人がいますけれど、それはむしろ私への讃辞だと思っているのです。

笛吹けど踊り踊らず、嘆けども胸打たざりきではいけないと聖書にもありますが、いつも踊りすぎるくらいにのめり込むのが私らしいやり方で、これは私の天性なのかもしれません。

友情で買った家

音楽学校時代、いちばん仲よくしていた友人がいます。とてもまじめで堅実な人で、幸せな家庭を築いていました。

お嬢さんの嫁《かた》づいたお家の庭がたいへん広く、ご主人がとてもいい方で、「パパやママが借家にいるよりは、うちの庭に家を建てて、そばにいてほしいといつもいってくれているのよ」という話をきいていました。「でも、お金がなくて家なんて建てられないわ」というので、「私だったら、土地さえあれば家は借金してでも建てるのに」といいました。

彼女のためにひと肌脱いでみよう、できるかどうかやってみたい、と思いました。まず、何人かのお友達から少しずつ、友人のためといってお金を借り、集めた百五十万円ぐらいのお金を担保にして、知り合いの銀行の支店長さんからさらにお金を借りました。私が保証人になったことはもちろんです。

三十年ぐらい前の話ですから、三百万円ぐらいあれば家が建ったのでしょうね。

彼女のみごとな家が建ってご招待にあずかったことはもちろんですが、こんなことは私にとってなんでもないことでした。友達も私を信じて貸してくださるし、なんのトラブルもありません。みんなうれしいことでした。

でも、私とパパは、その素晴らしいお家を見ての帰り、「私たちの家はいつできるのかしら？　土地もないんだから可能性はないわよね」としょんぼりしたようなしないような、ヤレヤレこれで一軒落着といった気持ちでした。

それから十年経ち、私たちは相変わらずの貸家住まいでした。珍しくカゼをひいて四、五日寝込み、だいぶよくなって新聞も読みつくし、売家、貸家の欄を見ていました。

すると、家から三百メートルぐらいのところに売家が出ていて、応接間が十畳とありました。近くだし、うさばらしにちょっと面白いなと思い、いたずらっぽい気持ちで電話をしました。

きまじめなパパは、「お金もないのにそんなの悪いよ」といいましたが、時は三月、ポカポカとした陽気に誘われ、不動産屋さんが迎えに来てくれて出かけていきました。

その家は、高く積んだ石垣の塀の上から紅白の梅がこぼれるように咲き、あたりに馥郁《ふくいく》とした香りが漂っていました。

純日本式、総檜造《そうひのきづく》りの二階家で、部屋数は十五、六もある立派な家でした。

不動産屋さんと別れたあと、パパと私はとても滑稽《こっけい》なお芝居でもしているようで思わず顔を見合わせて笑いました。

値段は千五百万円ぐらいでしたが、ずいぶん安いものでした。そのころ、親戚の者が三千万円で家を買いましたが、庭は五十坪もなく、家も三分の一ぐらいの規模でした。私たちの見た家は敷地が百五十坪以上もありましたから。

パパが仕事に出たあと、私一人でもう一度家を見に行きました。なにか怖い事件でもあった家ではないだろうか？　近くの酒屋さんやおそば屋さんにそれとなくきいてみたり、人間か犬の死骸《しがい》でも埋めてありはしないかと、高い真っ暗な縁の下をのぞいたりもしました。心のどこかに買う気があったのでしょうか。私としてはかなり熱心に調べたものです。

そのときふっと思い出したことがありました。去年のお正月、友達と一緒に今年から来年にかけての運勢をみてもらい、易者さんに「来年の三月か四月に、いい二階家が手に入りますよ」といわれたことを。

帰ってからパパにそのことをいうと、「冗談じゃないよ」「ほんと私もそう思うわ」

――こんな会話があったことを思い出していました。

この家のことかしら？　ドッキンとしました。快いショックです。

翌日、家主さんが見えました。あの家にふさわしい立派な方で、私ごとき者にもとても丁寧でした。

「ぜひお買い上げいただきたい。三か月ほど前に大阪に転勤になり引っ越しましたが、家が売れないために毎日通いの家政婦さんに家と庭の掃除を頼んでいます。きのう不動産屋さんにききましたが、お金のことはいいですから。心配しないですぐ引っ越してきてください。お金はお手もとにあるだけでいいですし、あとはご都合のでき次第少しずつでも入れてください。

私はあの家を十五年前に千百万円で買いました。不動産屋さんにお礼に払う分だけ出してくだされば、千百万円でいいですよ。そうすれば、税金も一銭も払わないですみますから……」

これで乗り気にならないバカはいないでしょう。私はぼう然としてしまいました。私たちがあの家の持ち主になるなんて！　お手もとにあるだけっていったって、一銭もありゃしない。さあ、私の「開けゴマ！」が始まりました。

私の財産は友人だけです。まず、電話でAさんに相談しました。

「たくさんはないけれど、当分使わないお金が七十万円あるから、それでたしになるんだったらOKよ。すぐ払い込んであげるわ」

ということでした。

そうそう、いま借りている貸家の敷金が百万円ぐらいあるはず。百万というのは、入居したときに三十万、二年ごとの契約更新のたびに二十万くらいずつ入れたのです。事情を話したら、引っ越す前でも返してくださるかもしれない。あたって砕けろ！

貸家といっても、一軒の家の二階が階段を別にしてあるだけのもので、私は家主さんの住む一階を訪ねました。

実は、近くにこれこれしかじかの家を見つけて思いがけないことになったので、ぜひ私たちに家を持たせると思って、出ないうちで悪いけれど敷金をお返しいただけないでしょうか、と必死にお願いしてみました。

家主さんは、一徹というか、悪くいえば偏屈な学者先生です。なかなか気むずかしくかんしゃく持ちなのは、ときどきどなる声がきこえてくるのでよくわかっていました。私は緊張して、体がカチンカチンになりながら、持ち主の方の話、私たちにお金がない話などを、ウソもかくしもなくすべて話しました。すると家主さんはこういったのです。

「わかりました。あなた方に毎月家賃をいただくのも気の毒なことでした。百万といわず、足りない分全部一千万円でもお貸ししましょう。いいですよ。あした銀行の人に届けさせましょう」

こんな話って信じられないでしょう。家主さんがとても倹約して質素に暮らしているのは知っていました。あんなふうにしてお金をため、人に貸す家も建てるのだろうと常日ごろから思っていました。それが、私たちのために一千万円でも貸してくださるというのですから、ナンテコッタ、ため息の出るような話ではありませんか。

それでは、と、お言葉に甘えて、三百万円拝借しました。これで約五百万円です。そしてＢの友人、Ｃの友人から百万円ずつ借り、七百万円をとりあえずお支払いして、十日目には引っ越しました。そのうち、長年売れなくて困っていた伊豆の土地も、ぱっと四百五十万円で売れて、順番に借金も返すことができました。

これが太子堂《たいしどう》の、私たちが住んだ中でいちばん大きな家でした。

音合わせと心合わせ

友達づきあいにいちばん大切なことは、相手が今いちばんしてほしいことをしてあげることだと思います。それから、ウソをつかず正直であること、つまらないことを気にしないことだと思います。

相手にもし悪意があっていったとしても、私はそれを悪意には受け取りません。私ってそう思われてもしかたのない人間だからもっともだと思ってしまいます。私はたくさんのお友達と、それぞれ心をこめて一生懸命におつきあいしてきました。喜びも悲しみも、共に一つの心になって、愛情をこめておつきあいをしてきたつもりです。今、その一人一人の友人と手紙を往復したり電話をかけあったりしているわけじゃないけれど、思い出すたびに私の胸に懐かしく温かく甦ってきます。

私にとって精神的な意味でも、友人はなによりの財産です。ですから子供の友達も、私の子供と同じように思ってやってきました。

上の息子は桐朋《とうほう》の音楽部でしたので地方からのお子さんが多くて、土、日になるときまって大勢、家に集まってきて泊まります。二、三人から七、八人はざらでした。お世話することなどちっとも苦になりません。料理は喜んで張りきって作ります。私はお金をかけないでおいしいものを作る名人で、いつもお腹いっぱい食べさせてあげ、おふくろの味だと喜ばれました。

このころは例の太子堂の家で、広かったので、友人が来ていてもパパに会わなくてもすみます。あるとき、大勢で食事をしているところをパパがちらっとのぞいて顔をしかめ、「うちは寄宿舎じゃないんだぞ」とイヤ味をいいました。

でも、あっちこっちの部屋からバイオリンの音がきこえだすと、「音楽学校みたいだねえ」と喜んで、何日泊まっていっても何もいいませんでした。

下の男の子のときも、自分の田舎に帰らず、夏休みじゅう家に泊まっているお子さんが何人もいました。

戦前のことですが、主人はコンサートマスターを辞めたあと、東京四重奏団をつくり、NHKから毎月放送したり、演奏会を開いたりしていた時代がありました。ほとんど毎日、三、四時間私たちの家で練習していましたから、お昼になればお昼ご飯、夕方にかかればまた夕ご飯を用意するという生活が、四、五年もつづいたでしょうか。

クヮルテットの仲間の方たちとは、主人以上に人間的なおつきあいをしてきました。主人は音を合わせるだけですが、私は皆さまと心を合わせてきたと思います。それがクヮルテットを長つづきさせるのだと思いました。

食事の時間を皆さまは、とくに楽しみにして喜んでくださいました。主人もこういうときは私にすまないと思うのか、でき上がったお料理を慣れない手つきでよく運んでくれました。

あのやきもちやきの主人が、グループの方の身の上相談にのってあげたり、いろいろなことで親しくしても、イヤ味をいったり意地悪をしたことはありません。いい演奏をするためになら、小さなことでガタガタいわないということでしょうね。

あの人もいい人、この人もいい人と私は思い、自分のハエも追えないのに友人のためにひと肌もふた肌も脱ぐのをみると、主人はよく「そんなことをしていると共倒れになるぞ」と文句をいい、「ママのように誰もかれもいい人だったらこの世は天国だよ」とちょっと意地悪そうにいって笑いました。

でも、子供にも友人にも精いっぱいの愛を貫くのが私の哲学というより、私にはこのやり方しかできないのだと思っています。

六章　奇跡と幸せに出会う旅

不可能を可能にしたお医者さま

「チョッちゃんは、日本よりアメリカのほうが、肌に合うのではないの？」

といわれることがあります。私が日本にいるときよりも自由自在に飛び回って、楽しんでいるように見えるらしいのです。でも、その秘密はとても簡単なこと。

ニューヨークやロサンゼルス、またフィラデルフィアやトロントに、私の親しい友人がいて、その方たちが講演とかパーティとかいろいろ盛り沢山のスケジュールをつくって待っていてくださるからで、私はただそのとおりに動いているだけなのです。

とくにニューヨーク在住の広瀬ドクターは私の遠縁にあたり、奥さまのとみ子さんはずば抜けて頭脳明晰《めいせき》で、先へ先へと心配やら親切やらをふりまいてくださるので、私の奇跡の半分は、いつも彼女のおかげなのです。

広瀬先生は、世界的に有名な心臓外科の権威で、冠動脈のバイパス手術やまた輸血なしに手術をする無血開心術に世界で初めて成功し、〝不可能を可能にした外科医〟として知られています。

また、タバコが肺ガンの原因になることを、犬を使って証明したのも、先生が世界初で、「世界の紳士録」に日本人で名前の出ているのは、天皇陛下とノーベル賞受賞者のほかは、広瀬先生ほか数人だけということを見ても、その功績がどんなに偉大であるかがわかります。

日本でも、「エホバの証人」の信者（日本では十一万人前後といわれている）が、輸血を拒否したために手術ができず死亡したことが社会問題となりましたが、アメリカでは信者数は百五十万人といわれています。

輸血を受けると未来の王国で再生できないから死を選ぶという信条からきているそうですが、病院が勝手に輸血したりすると患者側が裁判にかけた場合、病院側が敗訴するので、大部分の医療機関が治療拒否をするなどの問題がおきてきます。

そのため無血手術の創始者でもあり、第一人者でもある広瀬先生のところには、全米各地から、また外国からも患者が訪れてきます。

私は、五年前の腸の手術のとき、麻酔をかけられている間に、不思議な素敵な夢を見た話を、広瀬先生の家でしました。

突然大きな音で、バッハの『トッカータとフーガ』がきこえてきて、ローマの遺跡やフィレンツェの町並みやシルクロードの砂丘など、世界各国の美しい風景がパノラマのように次々と映し出されたこと。

そしてその背景の中に、シュバイツァー博士や小澤征爾さんや広中平祐《へいすけ》さんやイサム野口さんが、何の関連もなく現れてきたことを。お目にかかったことのある方もあり、ない方もありますが、とにかく素晴らしい業績を残された方々だと日ごろから憧れていたので、それが夢の中に現れたのでしょうか。

私はこの手術台上のパラダイスの話をして、

「イサム野口さんは、ニューヨークにお住まいだそうね。お会いできたらうれしいけど」

といいました。すると、とみ子さんは、

「忙しい方だから、今ニューヨークにいらっしゃるのかどうか……」

といいながら、すぐその場で電話してくださり、

「昨日帰ってきて、今日と明日はニューヨークにいて、あさってはハワイにいらっしゃるんですって。あしたの午後空いてるからお出かけくださいって」

「まあ、なんて私はラッキーなんでしょう！」

という具合で、翌日、とみ子さんと一緒に、イーストリバーの川沿いにある、野口氏のミュージアムふうのお宅を訪問しました。

野口氏と握手をして、彼の目を見たとき、私は瞬間的に、この人はゲーテのように

十八歳の少女に恋をする人だなあ、と感じました。

将来は、ここを本格的な美術館にしたいと考えていらっしゃるとか。広いアトリエはもちろん、広間にも庭にも至るところに、野口氏の前衛的な彫刻が、まるでストラディバリウスの奏でる音楽のように、絶妙なハーモニーで随所に置かれていました。

大理石や金属、石、紙や竹でつくられたたくさんの作品の説明をしていただき、そのそばで思い出の写真もたくさん撮っていただきました。

こんなことも、アメリカ上流社会のメンバーとしてとみ子さんが野口氏と親しく、私にご厚意があっての即断決行のおかげで、もちろん大名医でいられる広瀬ドクターの大きなお力があってのことです。私にそれをふり分けてくださったから実現したことなのでした。

お医者さまの奥さんは、朝に晩に病人と接していて、事務的になる人と、親切になる人といるようですね。軍隊に入ってとても人間がよくなる人と、悪くなる人がいるように……。

とみ子さんは英語が堪能なうえ、その温かい人柄にふれると、そよ風の中にいるような感じで、どの患者さんにもとてもやさしく、いい奥さまをもたれた広瀬先生はとても果報な方だと思います。

広瀬先生のお家で夕食をとっているとき、突然患者さんが見えたことがありました。あとひと口で食事が終わるというときでしたので、私はすませてからでもよいのにと思いましたが、彼はすぐに立っていきました。

患者さんは日本人の青年で、なんでも交通事故で、鼻のてっぺんから両側にかけて肉が裂け、血だらけで救急病院に運ばれたけれど、あまり待たされるので、気丈にも自分でタクシーを拾って飛んできたということでした。

日本にお嫁さん探しに出かけるところだったとか。整形をしなければひどい跡になるからと、ついでにそれもしてあげて帰したということでした。

それだけの処置をしてから、先生は食卓に戻ってきて、前と少しも変わらない表情で食事のつづきをはじめました。

私はその話をきいたとたん食欲がなくなってしまい、胸が痛む思いでした。

先生の専門は心臓外科ですから、血だらけの顔を見ても動揺しないのでしょうね。大きな手術が一日に三つも四つもつづく日もあるそうですから。

人間を生かすも殺すも、最後の一瞬まで精いっぱい、お医者さまは治療します。

学校の先生も、生徒に対してこれぐらいの努力はしてほしいなあと思いました。

環境の全然違うこの家でお世話になっていると、いろいろなことを考えさせられます。

そうそう、広瀬さんの家の日本間の縁側の下にはタヌキの夫婦が棲《す》んでいます。

いつだったか、庭の池を眺めたら、大きな動物のお尻《しり》が二つ見え、金魚をムシャムシャ食べているので、私は仰天して「大変、大変」とご注進に飛んでいきました。

二人とも驚いたふうもなく、

「いつもああやって、二人（二匹）でみんな金魚を食べてしまうのよ」

金魚の骨はちゃんと石の上に置いてありました。

ニューヨークのこんな住宅地にタヌキが悠々と棲んでいるなんてと、二度びっくり。

いつかは大通りで何十匹というタヌキの移動を車も人も止まって見ていたという話をきいて、三度びっくりしました。

偶然がつづいた魔法みたいな一日

ニューヨークでは、高柳さんの家にもよく泊めていただきますが、奥さんの佳枝さんとスーパーマーケットに買い出しにいったときのことです。

ジュース、ミルク、くだもの、野菜、鳥肉、牛肉と山のように荷物車に積み込んで二人で押しながら歩いていると、にわかに空がかきくもってきました。家までまだ十五ブロックぐらいあります。

　そのとき通りがかりのくだもの屋さんのおじさんが顔を出して、

「大変な荷物だねえ。今、店がヒマだから車で家まで送ってあげましょう」

といって、荷物の山を手際よく車のトランクに詰め込み、荷物車は折りたたんで私たちの膝の上にのせてくれました。

　彼女はときどきこの店で買って届けてもらったこともあるので顔見知りではあるけれど、彼の店でも売っているメロンやさくらんぼうを他の店で買ったので、その弁解などをすると、彼はちっとも気を悪くした様子もなく、「また今度買ってもらえばいいんですから」といって気持ちよく送ってくれました。五分ほどで家に着いたときはもうどしゃ降りになり、雷の音のすごいのなんの。それもそのはず、すぐ近くに雷が落ちて一軒家が焼け落ちたのを、二、三日後に見に行って、ぞっとしました。

　間一髪のところでこうして奇跡のように守られていることは本当に幸せなことだと思わずにはいられませんでした。

　さて、無事買い物から帰ったあと、広瀬さんから電話がかかってきました。私たちが話しはじめるとすぐ、広瀬家のもう一本の電話が鳴って、彼女は「ちょっと待って」といって私との受話器を置き、もう一本の電話と話しているのがきこえました。

「今、あなたのママと話していたの。そうなの。ちょっと待って」

と今度は私のほうの受話器をとり、

「徹子さんからよ。アフリカから元気でニューヨークに帰ってきて、ちょっとここで仕事をしているから、といっているわ」

「そう。私もとても快調よ。これからトロントに行くから元気でねと伝えて」

と、こんな具合で、とみ子さんが受話器を二つ持って、三人でいろいろ話しました。こんなグッドタイミングは、なかなか計画してもつくれない、ありがたいものでした。

この日の〝奇跡〟はまだまだつづくのです。

友人の相川さんが見えて、私たちは彼女の車でショッピングセンターに行きました。相川さんは私と同じ北海道の出身で、生家も医者同士ということもあって、数年前高柳さんのお家で知り合いになってからすぐうちとけてお友達になりました。私の娘ぐらいの若さで、お医者さまのご主人は大学の研究所にお勤めです。

佳枝さんが眼鏡屋さんで用を足している間、私たちは相川さんの車の中でおしゃべりをしていました。

「私ね、ニューヨークでピーター・グルリーという人を探しているんだけど、誰にきいたらわかるかしらね。お父さまはアメリカ人で、日本で音楽評論家をしていらして、お母さまは泰西名画などを修理する画家だったの。トロントの三ちゃんが昔、軽井沢でよくテニスした友達で、ニューヨーク時代にとても親しくしていたけど何年も音信不通になっているから探してほしいって頼まれたのよ。

　私も戦争前に祐天寺《ゆうてんじ》のお家に徹子を連れて遊びに行ったことがあるの。でも探しようもないわね。ピーターもグルリーもよくある名前だしねえ」

　というと、相川さんはそれこそ目を丸くして、

「アレッ、その方、うちの娘（七歳）のバイオリンの先生の旦那さまだわ。私もご主人にはとてもお世話になったことがあるの。早く家に帰って電話しましょう」

　佳枝さんも、

「まあ、なんて素敵な偶然なんでしょう」

　と驚き、ピーター・グルリーさんとも連絡がとれて懐かしいお話がはずみました。お父さまはあれからずっと東京にいらっしゃるとか。ご家族の近況もわかって懐かしく、そのご縁のつながりの不思議さには、ただ驚くばかりでした。

　佳枝さんと夕方の献立の話になって、

「日本のお茄子《なす》のいちばんおいしい食べ方は、やっぱり小ぶりの丸焼きかしらね」

「あれはおいしいけど、皮むくのが大変。ときどき水に手を入れてね……」

「焼きたてにショウガとカツオ節をかけて、食べたいわねえ。アメリカの野菜はみんなとても大きいんだもの」

　と話しているところに、玄関のベル……。

とみ子さんが、その日本の茄子の小ぶりなのを二十個ばかり手に持って立っていました。

「今、畑でつくっているおじさんからいただいたからお裾分けよ」

「今、その小さな茄子の話をしていたところなのよ」

「そう、ちょうどよかったわねえ」

ツーといえばカーといった偶然に、うれしくなってみんなで大笑い。魔法みたいって。

ラブネームの贈り物

それから二、三日してカナダのトロントに行きました。トロントではいつも三ちゃんの家でお世話になります。三ちゃんは私の親友の画家の米《よね》ちゃんの次男坊で、カナダでいちばん大きなテレビ局で十年間プロデューサーをしたあと、イラストレーターになって活躍しています。

また、三ちゃんの伯父《おじ》さんは牧師さんで、その教会は、全アメリカをふくめて最も荘厳で美しい建築といわれています。私のような者を呼んで講演をさせてくださり、来てくださる日系人の方たちは村田牧師を深く信頼し尊敬しているので、私のことも本当に心から歓迎してくださるのです。

彼の息子さんもバンクーバーで牧師さんをしているので、来年はぜひそちらでも、というように行動範囲も枝から枝へとひろがっていくわけで、私に力があってのことではないのです。

講演などの仕事も一週間ほどで全部終わり、私は買い物にふらりと町に出てみました。

パラついていた雨が本降りになりそうになったので、私は前に行ったことのある日本レストランに飛び込みました。

お茶を持ってきたのは四十歳ぐらいの日本の女性で、

「ご旅行ですか？　黒柳さんでしょう？」

と声をかけられてびっくりしました。

「日本から母があなたさまのご本を送ってくれて、お写真を見て知っていますので、入ってこられたとき、すぐわかりました」

といわれて私もうれしくなり、雨でお客さまも来ないのでしばらくお話ししました。

そして、またまた奇跡です。

「ご主人さまはバイオリニストでいらっしゃいましたね。私の子供も小さいころからバイオリンを習っていて、トロントに来てもまだ続けています」

「そう、バイオリンはむずかしいのによく続けていらっしゃいますね。いい先生がいらっしゃるんですね」

「はい、とても立派ないい先生です」

「おいくつぐらいの先生？」

「四十歳ちょっと過ぎの日本人の女の方です」

「日本語が通じていいわね。どこで勉強なさった先生ですか？」

「桐朋を出られた方だそうです」

「そう、それなら、うちの息子と年もそう違わないし、桐朋は夏休みにはオーケストラ全員軽井沢の斎藤秀雄先生の合宿があって、母親たちが交代で子供の食事を作りに行ったので、かなり上級でも下級でもみんな知っているはずよ。どなたかしら、お名前は？」

「小野岡マリさんっておっしゃいます」

「エーッ！　マリちゃん、この町に住んでいるの？」

バイオリンを習いに、ときどき主人のところへも来ていた懐かしいマリさん……。

さっそく電話をかけたことはもちろんです。三人の子供さんがいて、上はもう大学生とか。

「お目にかかりたいから、今からぜひぜひ家にいらして」

とおっしゃってくださいましたが、

「今日の午後フィラデルフィアに帰らなくてはならないの。あなたがいちばん仲よしだった夕美ちゃんはフィラデルフィアのカーティス音楽院でバイオリンを教えていらっしゃいますよ」

夕美ちゃんの電話番号を教えてあげ、私が来年来たときは三人でお会いしましょうと、お約束しました。

お互いに探し合っていたマリちゃんと夕美ちゃんは、すぐ近くに住んでいることがわかって大喜び、少女時代にかえって積もる話をしたことでしょう。

こんなことは奇跡とはいわないのかもしれませんが、私にはそう呼びたいほどの大きな喜びなのです。

ところでいつか徹子がニューヨークで有名なカメラマンに素敵な写真を撮ってもらったのを、私は少々羨ましく思っていました。それでカメラマンの友人の多い三ちゃんに、冗談半分に、

「誰か、こんな私でも美人に撮ってくださる方っていないかしら？」

と頼んでみました。三ちゃんは、

「ああ、僕の仲間でとてもうまい奴《やつ》がいるよ。カナダの首相なんかを写している人だから、腕は確かだよ」

と、二つ返事で引き受けてくれ、さっそくその場で電話をかけてくれました。

「忙しい奴なのに、運のいいことにつかまった。あしたスタジオに行こう。ふだん着で来いって」

と、話はたちまち決まって、うれしいこと。

翌日、ジョン・ステファンのスタジオを訪ねました。この天才的なカメラマンは、四十歳ぐらい。ちょっと太っていて、ヒゲを生やしていました。

「僕は、フォトグラファーのジョン」

「私は、チョウ」

とお互いに、名乗り合いました。彼は、おごらず、たかぶらず、もったいつけず、なんというすがすがしさでしょう。私を見て、ニコニコして、スタジオの隅っこに連れていきました。

ちょっと心細い気がしましたが、憂鬱《ゆううつ》な気分になったら大変です。心は顔に出ますから。

壁が両方から迫っている隅っこの角を選んで、彼は、

「ここ、どうお？」

といいました。壁に寄りかかれるし、私のとても好きな安定感のあるところです。

カメラのファインダーをのぞいて、

「うん、いいねえ、素敵だよ」

といって、気分をほぐしてくれます。

「好きなポーズ、どんどんやってみて」

といいながら、パチパチ……。私は女優ではなし、初めての経験なので、ちょっとテレましたけれど、せっかくこんなラッキーチャンスにぶつかったのだから、やるしかありません。楽し気にがんばりました。

「シェットといってみて」

と彼がいうので、私は日本語で、

「うんこ」

といって、笑いました。

「メガネ、とってみたら？」

「ダメ、目がパッチリしてないから」

「そうか、残念だなあ。両手を頭の上にのせてみて」

と、パチパチ。

「チャーミングだよ。今夜遊びに行ってもいいかなあ」

「ええ、いいわよ。エイズでないというお医者さまの証明書持ってきてねぇ」

「ＯＫ」

こんな会話をしながら、五十枚ほど写してくれました。

「帰国は、あさっての何時の飛行機？　空港に行く途中、ちょっと寄ってよ。それまでに徹夜してでも間にあわせるから」

私は、撮影料のことをききました。

「遠慮しないで、おっしゃってくださいね」

とお願いしましたが、彼は、こともなげに私の肩をたたいて、

「心配ないよ、いらないよ。もし何かに使うときは、僕のサインだけ入れておいてよ」

といって、サインを渡してくださいました。

私は長年の念願がかなったことに心から満足し、日本に帰るとさっそく、いただいたネガをプリントに出しました。

あのときのちょっと不良っぽい会話のムードがそのまま出ていて、年には見えないセクシーなポートレートが撮れていました。

真実を写すのが写真だけれども、一流の腕のよいカメラマンは、それを魔法みたいに変えてしまうことも知りました。すべて芸術というのはそういうものなのですね。

さて、何をお礼に差し上げたらいいかわからないで困りましたが、私は自慢の手編みのセーターを贈ることに決めました。

毛糸屋さんに出かけ、彼の風貌を思い出しながら、毛糸選びに神経を使いました。彼は芸術家ですから、色とか感触とかに敏感でしょうから。

私が選んだのは、焦げ茶色の中に、オレンジやグリーンやワインカラーなどの色がポチポチと入っている少し太めのイギリス製の毛糸でした。

でも、寸法がちょっと不安でしたね。

彼と別れるとき、抱き合ってキスしたので、かなり太ってボリュームのある人だということはわかっていましたけれど……。

あのとき、セーターを贈ることを思いついていたら、手を背中に回したとき、両手の間がどのぐらいあいているか測っておいたのに、と残念でした。

セーターと私の手紙は、航空便で十日ぐらいで届き、彼からの喜びと感謝をこめた、ラブレターのような長い長い手紙が来ました。

「色もとても気に入った。寸法もぴったり。あなたは私と長くつきあっていた友人のように、僕にぴったりのものを贈ってくれた」

と書いてありました。

グリーンのインクで綴《つづ》られたその手紙は、さすがアーチストらしく、洗練されていて、思わず見とれるほどのものでした。

そして、手紙の終わりは、こんなうれしい言葉で結んでありました。

「みんなあなたのことをチョウとかアンナとか呼ぶけれど、僕は、チョアンナと呼ぶことにしました。今後はそのおつもりで……」

私にまた新しい名前が一つ増えました。

私もいい年をして、〝チョアンナ〟なんて呼ばれて喜んでいるんですから、気が若いですね。

二つのシンデレラ物語

フィルさん――と呼んでいるフィルサン夫人の昌子さんは、私の親しい友人の一人で、ロサンゼルスのベニスという海岸の町に住んでいます。

フィルさんの家の前の広い広い道は、北はサンタモニカ、南は高級マンションとヨットハーバーのあるマリナデルレイに通じています。道の両側には巨大な椰子《やし》の木が繁り、たくさんの若者が、ローラースケートに乗って曲芸をやっています。

道の両側の芝生も若者たちのメッカ。バイオリンを弾く人、アコーディオンを弾きながら歩いている人、フォークソングを歌っているグループ、スペインふうの舞踊をしていた女の人がいつのまにかアコーディオンを弾いている男の人と一緒に踊り合ったりする風景は、本当に自由なアメリカここにありという感じです。

フィルさんの家の二階の居間からは、燦々《さんさん》と降りそそぐ太陽にきらめく青い海が見え、これらの心地よい騒音がきこえてきます。

今は富豪夫人であり、イラストレーターでもある幸せそのものの昌子さんですが、彼女は十七歳のとき、心臓病のため結婚はできない体であることをお医者さまから宣告されました。

証券会社でOLをしていましたが、適齢期になっても結婚できないため、〝売れ残り〟という冷たい目で見られるのがいやで会社を辞め、その退職金を持ってアメリカに渡ったのが二十五歳のときでした。

彼女は文章がうまく、カメラの腕もなかなか。ある女性週刊誌の海外特派員の仕事などをしていましたが、生花師範の免許を持っていたこと、花が何よりも好きだったこともあって、ベニスの海岸近くにお花屋さんを開きました。このフラワーショップは商売としては赤字経営でしたが、それがフィルさんと出会う結びの神となったのですから、人の運命というものは、一寸先は天国でもあるのですね。

毎日美しい花に囲まれて気ままに暮らし、いつ死んでもいいと思っていたものの、ビジネスとなるとお花屋さんはなかなか大変な商売で、月末の支払いができなくて、もうやめて日本に帰ったほうがいいのではないかとひとりでよく泣いたそうです。

さて、近くにとても繁盛しているリサ夫妻のハンバーガー店がありました。ここにはロールスロイスでハンバーガーを食べに、有名な女優さんや弁護士さん、大学教授など、お金持ちでインテリの人たちがよく集まってきて、昌子さんともいつかおなじみとなりました。彼女がピンチのとき、三百ドルとか五百ドルとまとめて花を買ってくれ、けなげに働く彼女を助けてくれるグループがいつのまにかできました。

その中の一人に、ユダヤ人の億万長者、フィルさんがいたのです。

フィルさんは、世界各地にカーテンやブラインド、カーペットなどの室内インテリア用品を製造する工場を持っている会社の社長さんで、亡命者の保護などは、国よりもこのコンツェルンの寄付によって成り立っているといわれるほど世界的な規模の財閥の一員でした。

あるとき、このグループで、メキシコに行ってメキシコオパールの大塊を探そうではないか——もちろんジョークです——という相談がまとまりました。みんな大きなバンに乗って一緒に行くけれど、心臓の悪い昌子さんにはそんな長旅は無理なこと。「私はおりるわ」といったとき、フィルさんが「僕が飛行機で連れていってあげるよ」といってくださり、そのご好意に甘えて、他のお仲間とはメキシコで落ち合うことになりました。

ところが、集合場所であるメキシコのホテルに到着したとたん、彼女は心臓発作をおこしてダウン。酸素吸入器をつけたまま、ロスに引き返し、すぐに入院、手術ということになってしまいました。

彼女はいつも葬式代千ドルは持っていたそうですが、高い手術代の一部にもならなかったことでしょう。フィルさんが医療費のいっさいを負担してくださいました。名医による手術は大成功で、十日後には退院し、好意に甘えてフィルさんの家で、静養しました。フィルさんはずっと以前に前の奥さんと離婚していて、一人暮らしでした。

やがて、フィルさんからプロポーズされて二人は結婚しました。結婚が決まってから、彼女が外出できるようになったとき、結婚指輪を買いに宝石店に連れていってくれました。

「どれでも好きなのを買いなさい」

といってくれましたが、彼女はその店でいちばん安い百ドルの指輪を選んだそうです。

フィルさんは、カメラマンでもあり、音楽や絵などにも造詣《ぞうけい》が深く、人柄も素晴らしく、ルックスもとても素敵な紳士。現代版シンデレラ物語ですね。

友人の少なかった私の主人も、フィルさんは大好きで、よく音楽の話をしていました。そして、フィルさん夫妻やリサ夫妻と、私たちは、ダメージの会という愉快なグループをつくりました。外国人と日本人あわせて三十名ぐらいのメンバーでしたが、なにしろドジや大失敗をするほどほめられるという会ですから、私なんか花形のスターでした。

今、フィルさんは世界じゅうどこへ行くにも彼女を連れて歩き、二人は羨ましいほど仲むつまじいご夫婦です。

昌子さんからの手紙は、いつも絵日記のように、イラストのいっぱい入っている楽しいものでした。

「ママの手紙はとてもユニークで面白いから、物書きになりなさいよ。ママなら、きっと書けるわよ」

と昌子さんは私にいい、

「とんでもない。あなたこそ美術学校に入ってちゃんと絵の勉強をして、イラストレーターになったらいいわ」

と、私はいいました。

彼女は、その後、むずかしいことで知られる美術学校をがんばって卒業し、親しい間柄のフランシス・コッポラのお母さまの本『私はイタリア』（文藝春秋刊）に、彼女らしい楽しいイラストをいっぱい書いてデビューしました。おめでとう！　のひと言です。これもシンデレラ物語ですね。

私もまた生意気にも本を出し、お互いに瓢箪《ひょうたん》から駒が飛び出し、二人で「夢みたいね」と話し合っています。

追録

チョッちゃん流《快老メモワール》

一人になって歩いた道

トロントではよく、早朝、ホテルの窓から、日本の鳩より小ぶりの真っ白い鳩が何羽もスイスイ飛んでいるのを見ました。

チェロの巨匠カザルスが晩年、テレビで「私の生まれ故郷カタロニアでは、白い鳩がピース（平和）、ピース（平和）と鳴いています。思い出の曲を弾きます」と言って、震えるような大きな手で、悲しくも懐かしくもある故郷の思い出にふけるように、目をつぶって弾いていらっしゃいました。

映像を見ていて、平和を愛した故に迫害されながらも、生涯、その志を曲げなかったことの素晴らしさに思わず涙がこぼれました。

カザルスはその後まもなく、昇天なさいました。

この世で、自分に与えられた仕事を見事になしとげて、天に凱旋《がいせん》した彼を思い出すたび、ああ、やがて私もそのときを迎えるけれど、私は何をしてきたのだろう、心残りばかりで困った生涯だったと恥ずかしくなります。

私はこの九月六日で、八十二歳になります。なんと乙女座なんです。数え年の癖がしつこく身についているせいか、年が変わったときから自分で八十二歳といってきたので、みなさんもそう思っていらっしゃいます。

年齢のことはあまり気にしない私なのですが、このあたりで帳尻を合わせておかないと、倍々ゲームで年をとってしまって、じきに、きんさん、ぎんさんに追いつきそうなので、このあたりで訂正しておきたいと思います。

主人が亡くなって、早いもので九年になります。

一人でぼんやりしていられない私は、十冊ほどの本を書きましたし、アメリカ、カナダ、国内のあちらこちらと講演の旅に歩き、退屈を知らない人生を歩んでいます。

それでも、パパに先立たれてしばらくの間は、ちょっとおかしくなったこともありました。それまでは、いつも大勢の家族と暮らし、大変なこともありましたが、ほんとうに賑《にぎ》やかで、さびしいとか、孤独だとか考えるひまがありませんでした。

さびしくはないけれど、みんなに振り回されてばかりいないで、自由が欲しい、自分の時間が欲しい、なんていっていたのです。

その後、東京に越してきて、七十四歳で初めて一人暮らしをしてみて、さびしいというか一軒家に住むことの恐ろしさみたいなものを感じるようになったのです。

何十年も住み込みで手伝ってくれていたみねさんが、家の都合で実家へ帰ったあとはなおさらです。いい年をして意気地がないなあ、とがっかりしたというのが本心でした。

「チョッちゃんらしくないんでないの」とお国言葉で気合いをかけてみても駄目。夕方、暗くなると、体じゅうの緊張感みたいなもので不安になり、とても我慢できないときには、近くのホテルに泊まりに行ったりしました。家があるのにもったいないなんていうより、そこに一人でいたくない気持ちのほうが強く、それに負けてしまいました。

庭には大好きな花もあり、心をまぎらわせてくれましたが、それも日中のことで、夕方、日がかげってくるとだんだん憂鬱になるのでした。夜がこわかったんです。

憶病なんですね。でも、いい年をして子供たちになんかいえやしません。子供たちはそんなことなど想像もしなかったと思うんです。

今だから話せることです。

一人暮らしに馴《な》れるためには、あの時期が必要だったのだと思います。あのとき、とても駄目だわ、と白旗をかかげていたら、今の私はなかったでしょう。

心やさしい子供たちばかりですから、そんな私に気づいたら争って、うちへ来なさい、といってくれたでしょう。でもあの子たちは、私にそんな時期があったのを知らないはずです。知らなくてよかったと思っています。

子供たちは、今でも、うちのママは決して落ち込んだりしないと思っています。内心弱虫のくせに、強がりをよそおっているものですから、子供たちは強いママと信じ込んでいます。

パパもずっとそうでした。

「ママはほんとうに威張っている」とか、「いつも丈夫そうでいいねえ」とか、よく言っていました。もう少し心配させたほうが、大事にしてもらえたのかもしれませんが、私にはどうもそういう役柄は似合わないみたいです。

ですから、講演のお仕事が舞い込んだときは、やれ、うれしやと思いました。講演のため地方に出るのは大変ではあるけれど、さびしさから逃れられるのがうれしいし、そのうえ、お金もいただけるし、皆さんに喜んでいただけるとすればこんなうれしいことはないのでした。

健康を神様からいただいているおかげを、どんなに感謝したかわかりません。

ＮＨＫのテレビドラマ『チョッちゃん』が始まってから、北海道から沖縄まで、全国どのくらい歩いたことでしょう。

国内だけではすまなくて、アメリカのニューヨークをはじめ、ロサンゼルス、サンフランシスコなどの西海岸、シアトル、デンバー、カナダのバンクーバーからトロント、そしてハワイまで毎年のように出かけるようになりました。

そして、たくさんの、年齢や仕事や国籍の違う方々と知り合いになりました。

一人でメソメソしていたのがウソみたいです。

今年はワールド・ビジョンやジャッシイのボランティア活動にも進んで参加させていただきました。フィリピンで現地の子供たちと片言の英語で話したときには、この年になって、まったく新しい喜びを体験しました。

近ごろでは、パパの写真を前にして、

「私は五十五年間、ほんとうに一生懸命パパを支えてきたけれど、今は自分の足で歩いて、自分の目で見て、少しは人さまのためにもなってとてもいい人生を送ってるの。だからパパのそばへ行くのはもう少し待ってね」

と、勝手なお祈りをしています。

メリー・ウイドウという言葉がありますが、ときどきはパパを裏切らないていどの恋もしたりして、花の未亡人生活も板についてきました。

じつはパパに感謝していることがあります。それは、一介のバイオリン弾きだったパパが、私が何もしないでゆうゆうと生きていけるようなお金を残してくれなかったことです。

日本の年金制度がいかに音楽家とか画家にとって薄いものかを講演で話すたびに、やんやのかっさいをいただき、パパの仇をこんなかたちでとっているって感じることがあります。が、そのハングリーがなかったら、それまで専業主婦で何もしたことのなかった私が、本を書いたり、講演をしたりはとても出来なかったでしょう。

十年前『チョッちゃんが行くわよ』が出たとき、新聞社の人が訪ねてきて、本が出て何が一番うれしかったですか、と聞かれたので、「お金をいただいたこと」と正直に答えました。あとで徹子にいいましたら「そういう下品なことはいわないの」と意見をされてしまいました。

まだまだ、やりたいことはたくさんあります。

〝棒ほど願って針ほどかなう〟ということわざがありますよね。

ここまでは、ほんとうに棒ほど願って、針ほどかなえられてきました。若くて学ぶ時間がもっとあったら、初めからちゃんとやり直したいと思いながら、いつもぶっつけ本番で来た人生も、そろそろ幕切れが近づいてきたようです。

あと、何年生きられるかわかりませんが、残り少ない人生だからこそ、砂時計の砂がサッと落ちるときだからこそ、〝棒ほど願って針ほどかなう〟という言葉を思い出します。

針でも何本も束にすれば、少しは手応えのあるものになりますよ。欲ばらず、針ほどでいいからと、背中と腰をシャンと伸ばし、精いっぱいおしゃれをして出かけましょう。私を待っていてくださる方々のところならどこへでも。

老後という言葉は嫌いだけれど、死についてはときどき考えます。

アメリカへ行くときは、いつもこれが最後かもしれないと思います。でもちっとも悲壮感はないんです。いつどこで死んでもいいと思っているから。

ジョルジュ・サンドのように異国で客死するなんていうのもかっこいいじゃない。生あるもの、いつかは死ぬんです。私より若くて才能のある方が亡くなったのを知ると残念で、代わってあげたいと思うことがあります。

でもこればかりは順不同で、すべては神様のおぼしめし。その順番がきたら機嫌よくパパのそばへ飛んでいきましょう。

私に、別れて死ぬのがいやというものがあるとすれば、それはこの世の美しい花たちだけ。彼女たちと別れて死ぬのはいやだな、と思っていつも花たちを眺めています。

徹子に「あなた、死んだあとに何か未練がある？　あるとすればそれは何？」と聞いたことがあります。

「そうねえ」と考え込んでいるので、よほど立派な未練が出てくるのかなと、固唾《かたず》をのんで待っていると、「生きている人たちがみんなで、おいしいものを食べているかと思うと悔しいわねえ、しゃくだもの……」ですって。

ほんとうに似たもの親子です。

養生訓なんて、かえってじゃま

私は、はだしでいるのが大好きです。家にいるときは真冬でも、はだしです。昔、エヴァ・ガードナーというとてもきれいな女優さんの「裸足の伯爵夫人」という映画がありました。はだしがとても色っぽく扱われていましたが、私のはもちろんそんなのではありません。北海道の田舎に育って、はだしの感覚には小さいときから慣れていて、足の裏がしっかり地面をつかむ感じが、とても安心できるんです。

第一、年をとると下手に何かはいているのは、足の感覚がにぶくなって危険なことがありますよ。一昨年、サンカルロスの家で、階段からすべり落ちて全身を打ち、三週間ほど入院したことがありますが、そのときは私らしくもなくしゃれた室内履《ば》きをはいていました。

外国へ行くと、室内でも靴をはいて、はだしになれるのはベッドの中だけ。あれはいただけません。私など、身分不相応なお上品な暮らしはたちまちバチがあたるんです。

私はただ気持ちがいいので、はだしで暮らしているのですが、最近、はだし健康法なんていう文字を見かけます。足の裏には体じゅうのツボが集まっているとかで、足の裏をもんだり、青竹を踏むことで、内臓が健康になるのだそうです。そんなこととは知らずに、好きで長年やってきたことが健康法にかなっていたというわけです。

今、女の人の骨の病気が話題になっていますが、私は骨も丈夫なようです。

これもケガの功名。昔、お魚の骨や皮をたくさん食べて、カルシウムがたっぷり骨に蓄積されたせいではないかと勝手に解釈しています。

子供たちを育てる頃、わが家の台所はけっこうきつくて、私の分のお魚までまわらないので、子供の食べ残した皮や骨をせっせと食べました。

買って買えないことはなかったのですが、そうやって浮かしたお金で、花や花の種を買うほうがうれしかったからです。みんなも、「きれいね」って喜んでくれますし。

これだって結果的に健康につながっていたわけで、子供たちのおかげ、かたじけないといつも感謝しています。

だいたい一日にカロチンがどのくらい必要だからにんじんをいくらいくら食べなきゃいけないなんて、義務的なことは大嫌い。とても出来ません。

野菜が不足してくれば、自然に体が野菜を欲しがりますよ。そうしたら、おなすを煮たり、かぼちゃを煮て食べればいい。それで十分だと思っています。

膝や腰が痛くなってもお医者さんには行きません。自分で貼り薬を貼ったりして治してしまうんです。医者の娘に生まれたのに、希代の医者嫌いときています。徹子に〝野蛮人〟なんていわれますけれど、この先もお医者さんに行くときは死ぬときしかないと思っています。

徹子は正反対。とても用心深くて、十本ある指の一本の先がしびれたというだけで、すぐ病院へ飛んでいくんです。

私は十本全部しびれても行かないと思います。アロエをつけたり、じゃがいもをすりおろしてつけたりして治してしまいます。

風邪をなおすのも自己流です。卵酒を飲んだり、レモン湯にお砂糖を入れて飲んでベッドに入って治してしまいます。確かに野蛮人といわれても仕方のない態度です。

徹子は「年寄りの風邪はこわいから、おかしいと思ったらすぐ病院へ行くべきよ」とやかましいのです。

「はい、はい」と言いますが、やっぱり行きません。

ドックへ入ったこともないし、ガンの検査を受けたこともありません。

どうしてそんなに医者が嫌いかというと、人に命令されたり強制されるのが大嫌いだからでしょうね。

入院でもしようものなら、身柄をそっくり預けるわけですよね。やれ薬を飲みなさい、熱を計りなさいと、一日じゅう、何から何まで指図されるでしょう。そうまでして治りたいとは思わないのです。

結局、相当に我が強くて、自分流に生きてきた証拠なんでしょうか。

それでも、これまでに入院したことが二度あります。

一度目は四十代の頃、胆嚢《たんのう》炎で一か月ほど入院しました。痛いのを我慢して、我慢して、とうとう我慢しきれなくなって、破裂寸前になってかつぎこまれたのです。

二度目は十二年前、腸のポリープが発見されて手術を受けました。

このときは血便がたくさん出たのですが、ずっと重い便秘症で下剤を飲んでいたので、そのせいかもしれないと放っておきました。

パパのお薬をもらいに行く近くのお医者さんに、「私、血のウンコが出るの」と何気なく言ったら、「すぐにちゃんと見てもらわなくては駄目」と言われ、しぶしぶ病院へ行ってポリープが発見され、命拾いしたのです。

こんなふうですから、自分で気をつけて先手を打つなんてことは考えられないんです。

今の状態がどうなっているかといいますと、相変わらず強い便秘がありますが、それがポリープのせいなのか、年のせいなのかわかりません。わからなくてもいいと思っているんです。

八十一歳ですから、ポリープくらい出来ていてもおかしくはありません。いろいろな検査をされたり、薬を飲まされたりなんて、考えただけでも辛く、悲しくなります。無理に黒白なんかつけなくてもいいと、あいまいにしておくんです。

便秘がよほど辛いなら別ですが、もう、長年のおつきあいですから、気心が知れた友達のようなもの。文句をいいながらも、みなさんが心配してくださるほどうっとうしくないんです。

ですから、日ごろ気をつけていることなんて何もありません。私の場合、〝養生訓〟なんて持っていないのがいいんじゃないでしょうか。

なまじそんなものがあると、あれをしてはいけない、これをしてはいけないというので、かえってストレスがたまり、具合が悪くなってしまうのがオチでしょう。

大事なのは心の健康です。気の持ち方です。

私は、講演でよくいいます。

「お母さんも、お姉さんもガンで死んだ。だから私もガンにかかるのではないかと心配する人がいますけど、それは間違っています。お母さんもお姉さんも見守っていてくれるのだから、私はガンにかからないって思いなさい。私はガンにかからないときめてしまうんです……」

みんな笑いますけれど、そんなものではないかしら。気迫が病気を撃退するんです。もしかしてガンにかかるかもしれませんが、それはそのときのこと。ならない前から心配したって仕方がないじゃありませんか。

そんな時間があったら、もっと楽しいこと、素敵なことに目を向けてみましょう。

大事な〝三種の神器〟

年をとったら、なおさら外へ出ていかなくては駄目だと思います。

家に閉じこもっていてもたいしてすることもないし、家族のある人は家族から浮きあがったりして、愚痴っぽくなったり、恨みっぽくなったり、考えなくてもいいことを考えて、ますます落ち込んでしまうかもしれません。

私もこう見えて、家にいると花の手入れをしているほかは、ゴソゴソ古いものをいじってみたり、片づけものをしたりしているだけなんです。当然お化粧もしません。そんな日が二〜三日続いてごらんなさい。世の中から取り残された哀れな年寄りという感じになってたちまち老け込むのがわかります。ボケも忍びよるでしょう。誰のせいでもなく自分で自分をそういうところへ追い込むのです。つまらないと思いませんか。

私は人様に声をかけていただくのを待っていないで、どんどん外へ出ていきます。体の動くかぎりそうしますよ。旅もそのひとつです。

外へ出ていけば、そこに思いもよらない出会いがありますし、有益なお話もあります。

〝果報は寝て待て〟とか〝タナからボタ餅〟という日本のことわざがありますが、私は正直いって嫌いです。何もしないで待っているなんて性分からいって出来ませんし、それ以上にそんな虫のいい話があってたまるものですか、という気がします。

眠り姫は白馬にのった王子さまを待っていてかなえられましたが、うたたねバァバでは誰もやってきませんよ。

私がここまで生きてきて思うのは、人生って出会いの連続だなあということです。出会うといっても人だけではありません。本と出会う、花や植物と出会う、音楽、絵画、映画、ふれたものすべてが出会いです。

よい出会いをするためには、とにかく外へ出ていかなくては。

誰にも会わないとなると、ろくにお化粧もしませんし、入れ歯もはずしたままでと んと老婆をしていますが、たとえ、近くのスーパーへでも行くとなるとまったく違ってきます。

誰に出会ってもいいように、なるべくシャンと見せようとして、そこに積極的な行動が生じてくるのです。パフォーマンスも生まれてきます。

外へ出て、おバアさんぽく見られないための三種の神器が、私の場合は帽子、眼鏡、入れ歯。

年をとったらあちこち弱るのは当たり前で、恥ずかしいことではありませんし、それをいろいろ工夫して補っていかなければならないのです。

むしろ、なりふりかまわないで人様に不快を感じさせるほうが失礼なことです。

歯は四人の子供たちと、その子供たちより手のかかる主人を抱えて、規則正しく磨くことも、ちょっと悪くなったときすぐ歯医者さんへ行くこともできなかったのがたたったのか、七十歳前から総入れ歯になりました。

入れ歯って清潔に扱えば、ほんとうの歯よりかえってきれいなものですが、うっかり入れるのを忘れたりすることがあるので困ります。

いつかニューヨークへ行ったときも、ちょっとしたスピーチのあと食事があるとわかっていたのに、宿泊しているお宅に下の入れ歯を忘れていきました。

五分ほどのスピーチはなんとか切り抜けましたが、ディナーになって運の悪いことに厚いステーキが出ました。でも下の歯がないので嚙《か》むことが出来ません。しばらくもぐもぐやってお肉の塊を丸《まる》呑《の》みしましたから、のどのところでつかえて、一瞬ヒャッとしました。

目を白黒させながらみなさんにわからないようになんとか呑みくだしましたが、あぶなかった、とあれを思い出すたびに冷や汗が出ます。

こういうことが命取りになることってよくありますし、そんなことになったらとんだ人騒がせです。

お財布は忘れても入れ歯は忘れてはいけない。忘れたことに気がついたら、軟らかいものしか食べてはいけない、とそのとき自分に言い聞かせました。

息子の家とか、娘の家、いとこの家に泊まってよく忘れてくることがあるので、スペアをいくつか作っておくようにしていますが、入れ歯のサイズも四～五年で変わるのであまりたくさん作っておいても無駄になります。そこが頭の痛いところです。

入れ歯を作っていただくお医者さんとも、ひとつのめぐり会いで、一番ぴったりした入れ歯を作ってくださるのは、ロサンゼルスの熊本先生。私の命綱です。

帽子は好きで、つばのあるもの、ないもの、ヴェールのついたものといろいろ集めています。一番気に入っていて数もたくさん集めているのはグリーンのハンチングベレー。これを浅めにかぶって、パンツをはき、ブーツできめたジョルジュ・サンドばりのスタイルが今の私のお気に入り。講演もこの格好が一番多いですね。

帽子は、不精者の私にとって、髪をセットしなくてもすむという便利さが有り難いのです。髪の毛をいいかげんにまとめても、帽子をかぶってしまえばそれなりに格好がつきます。こんな重宝なものはありません。

でも大体が欲張りですから、最近ではそれをかぶることによって、全体の造作ががらりと変わって美人になるような魔法の帽子はないものかと、いつも帽子屋さんを気にしてのぞいています。そんなものはあるはずがないですけど。

先日、夜の集まりなので帽子はぎょうぎょうしいと思い、前の晩、柔らかくて、つけたまま寝ても痛くなさそうなカーラーをくりくりと巻いて寝ましたが、やっぱり夜中に痛くて目が覚めてしまいました。とくに痛いところを二～三か所はずしてまた眠ったのですが、おしゃれってやっぱりらくじゃありません。

　つぎの日、集まりに出ていきますと、親しい友人が私の耳もとで、

「めずらしいわね。おぐしで」

　とおっしゃるのです。

「そう、夜だから帽子はかたくるしいから」

　と答えたのですが、その方が、もしやかつらではないかと、探るように私の髪を見ているのがわかりました。

「いつもお帽子だから、どこかに大きなハゲでもおありかと思っていたの」

　とうとう白状なさいました。

　心の中で、〝ご期待に添えなくて残念でした〟と舌を出しました。

　眼鏡はサングラス感覚の、色の入ったフレームにお遊びのあるのがはなやかでいいですね。年をとると目の周りの皮膚が黒ずんできたなくなって余計老いが目立ちますが、それをサングラスがうまく隠してくれます。これもそのときの気分や服装に合わせてかけられるよういくつか持っています。

　レンズの色の濃淡も、そのときの気分次第で使い分けます。

眼鏡を買うときは、じっくり納得のいくものを選べるよう、気心のしれたお友達についていってもらうようにしています。

一人で入っていって、店員さんたちに囲まれてしまうと、つい妥協して買いたくないものを買うことになってしまいますので、友達にガードしてもらいながら、こころゆくまで選ぶ。これが上手な買物のコツでしょうか。

チョッちゃんの暮らし指南

私のおしゃれ

はっきりいっておしゃれは好きですし、私なりに気を使っています。

明日は出かけるというときは、前の日から、さてどんな格好にしようかと、あれこれ服を引っ張り出し、鏡の前でスタイリスト兼モデルで大活躍です。そして、よし、これできまった、われながら満足となると、早く明日がこないかなあと楽しみでワクワクします。

出かける楽しみの半分以上は、このファッションショーにあるのじゃないかと思うくらい。

出かけなくても、一日のうちに何回か着替えをします。気分が変わって楽しいから。だから私は虫干しをしたことがないんです。持っている服はとっかえひっかえ、まんべんなく着て、しょっちゅう風を通していますから。

明るいピンクやオレンジは私たちの年のためにあると思っていますし、どんなかたちであれ、着られない服なんてないのです。

それは突飛な格好をして奇をてらうのではなく、今の自分を一番いきいきと美しく見せるものを、年とか立場とかの枠を気にしないで着ているというだけのことです。

私の好きなのは、ストレッチパンツに夏はＴシャツ、冬ならルパシカ風の上着にブーツを愛用しています。

これに、ハンチングベレーをチョコンとかぶって、世紀末のダダの詩人か、ショパンの恋人ジョルジュ・サンドを気取っていますが、なかなかわかってもらえないようです。

こういう格好をしていますと、気持ちまで若やいで、かぎりなく自由になるから不思議です。

ブランドものにはこだわりませんが、ミッソーニだけは例外で、日本にまだ入るか入らない頃から、このブランドは私のために存在すると信じて、こだわってきました。

でもこれはお値段もなかなかのものがあるのが難点ですが。

日本でミッソーニが今のように有名にならない頃、ミッソーニのパンツをやっと買って、とくとくとしてはいていましたら「徹子さんはおしゃれでお洋服もたくさん持っているけれど、お母さんのほうは無頓着で、いまだにモンペをはいている」と言った方がいらして、唖然、ボー然としてしまいました。

たしかにミッソーニの柄には日本のかすりにそっくりなのがあります。私がとびついたのも、無意識に懐かしさを感じたからかもしれません。日本とイタリーという遠く離れた場所で似たような意匠が生まれたことの不思議を感じます。

でも、私はお金をかけないでおしゃれを楽しむことには自信があるんです。お金がいっぱいあって、お金に糸目をつけずにおしゃれをするのは誰にも出来ますが、それではつまりません。腕の見せどころがないってものです。

私が楽しいコーディネートのためによく利用しているのが古着屋さん！

日本では古着屋さんというと、もっぱらおしゃれなバンドをやっている若者が利用するもので大人は関係ないという感じですが、ニューヨークの古着屋さんは、お客さんの年齢層が広くて、品物の種類もそれは豊富です。

私がよく行くのは五番街のビルの二階にあって、ひそかに〝上流社会〟と名づけているお店。黒人の女の人が経営していて、二十畳くらいの広さの一室に、それこそ古着が山をなしています。見る目があれば、その中から面白いものをいくらでも掘り出せるんです。

常連のお客さんたちが十人も入ると、表のシャッターを下ろしてゆっくり選ばしてくれるのもうれしいんです。

開拓時代の鉄火姐御《あねご》が着たかと思うようなドレスがあるかと思えば、パーティや舞踏会に着ていきたいような正統派ドレスもあって、お値段だって高いといっても古着だから手が届かないということはありません。行くと大抵五、六着は買い込んできます。

自分は着ないかもしれないと思っても、身近なあの人、この人の顔を思い浮かべて買っておき、日本へどんどん送っておきます。

荷が着くと、さっそく親しい人たちに声をかけてファッションショーの始まりです。

「これを着ていくパーティってないかしら」

「なんでもいいからパーティを開いてしまいましょう」

ワイワイガヤガヤ、女に生まれてトクをしたな、と思う瞬間です。

古着には、これをどんな人が着たんだろう、どんな恋や涙が秘められているのだろう、と想像する楽しさもあって、格別です。

それにしてもあの黒人のおばちゃん、自分のお店が〝上流社会〟なんて呼ばれていると知ったらさぞ喜ぶことでしょうね。

もちろん、今度もニューヨークへ行ったら〝上流社会〟へ行きますとも。

ストレスをためない方法

私は何ごとも苦労だと思ったことがありません。

大変そうなことがやってくるほどに、「こんなの朝飯前、朝飯前！」と、自分に気合いをかけるのです。

そして「百冊サインしてください」なんていうことなら、あとへ延ばさず、ほんとうに朝飯前にすませてしまうのです。

年を取るとあまり寝なくてもいいのか、夜、遅くまで起きていても朝は早く目が覚めます。ところが、私は毎朝、何十分そのへんをジョギングするとか散歩するとか、ラジオ体操をするとか、規則的、義務的にやることが大嫌い。

だから朝飯前にする用事のあるほうが有り難いのです。

それに「わぁ、大変」とか「出来るかしら」というと、相手に、無理をいって申しわけないと、心の負担をかけることになりますし、第一、負けず嫌いだから白旗かかげるのがいや。

「ええ、お安いご用よ」と言いたいのです。

そして引き受けると、絶対約束は守るの。引き受けてだらだらあとに延ばしていると、これが意外に自分にとってのストレスになります。さっさとやってしまうほうが体にいいんです。

これは駄目だなんて、簡単にはあきらめません。難しいと思ったら、別のほうからつついてみるとか、身をかわし、方向転換する術《すべ》ってあるものなの。生きているかぎり、これで駄目ということはないと思っています。絶望は死ぬときでいいんですよ。

そのときは駄目でも時が解決してくれることってあるでしょ。その場で急いで結論を出さないで、時にまかせることもずいぶんやってきました。抜け出す道は必ずあるものです。

家計簿なんておやめなさい

家計簿をつけたことなんかありません。

それでよく五十五年も主婦をやってたわねえっていわれるのですが、買物でもらったレシートをとっておいて、いちいち照らし合わせて、どうしても十円、計算が合わないからと何度もやり直すなんて、考えただけで面倒くさくておかしくなりそうです。そんなこと、とても性に合いません。

講演でも「もしあなたがたが家計簿をつけているんだったら、そんなバカバカしいこと、今日からすぐやめちゃいなさい」と、奥さんたちをそそのかしているんです。そんな時間があったら、面白い本を読んだほうがずっといいわよって。

真面目につけたらお金が増えるという、魔法の家計簿でもあるのなら、私だって喜んでつけますよ。

大抵は反対でしょ。大したもの買わないのに、どうしてこんなにお金が出ていくんだろうって暗くなるのがオチですもの。ストレスのもとです。

旦那さんがもっと稼いでくれないからだなんて逆恨みしてみたり、ろくなことありませんよ。

うちじゃあ、パパが、「お金がない」って言えば、「食わなきゃいいだろう、それともおれにバイオリンの出前に行けっていうのか」と言うメチャメチャな人でしたから、もともと家計簿を買ってきて予定を立てる、なんていう生活はしたことがありません。

旦那さんが、サラリーマンなら余計に家計簿なんて必要ないんじゃないかしら。入ってくるものが、毎月きまっているんでしょう。それ以上でも以下でもないのに、なんでそんなにお豆腐一丁まで記録しなくちゃならないのですか。

「主人が突然、家計簿見せろっていったら困ります」ですって？　そんな趣味の旦那さんもいるんですかねえ。でもそんなときは「そんなものつけているわけないでしょ。あなたの安月給で」なんて言ったりしてはいけません。

そこはちょっとした知恵と気転で、一〜二日分ちょこちょこっとつけて、わが女房は真面目にやってるんだって思わせておけばいいじゃありませんか。

家計簿つけるかわりに、ちょっと変わった出来事があったらそれをつけておくと、あとで読み返すといろいろと役に立つと思うの。

私は七十歳を過ぎてから本を書くようになったのですが、もともと家事や子育ての合間に、思いついたことをちょこちょこっとメモしておくのが好きでした。

パパの悪口とかも腹立ちまぎれによく書いたけれど、あまりズバリ書くと見られたときにまずいでしょ。だから自分だけわかるようなたとえや暗号で書いておくの。夫婦喧嘩のことも「昨日は大火事、今日はボヤ」とか……そうしたら面白くて、書いているうちに、腹のたっていたのを忘れることもありました。

たとえば子供を叱ったとき、子供が泣き寝入りしたあとで、ひとり静かに思い出してみると、あの子の言い分にも一理あるな、と反省のひとつも生まれます。「ちょっと叱りすぎたかな、ゴメンネ」などと書けば、いつまでもそのことを引きずっていなくてすみますよ。

無味乾燥な数字の行列の家計簿なんかより、百倍もいいと思いませんか。ぜひ、それをおすすめします。

もちろん今でも、私はいつも身近に筆記用具とメモ用紙を置いて、思いついたことをちょこちょこっと書いておきます。もう、のぞき見されて困る相手もいないのですが、暗号みたいなもので書く癖はなおりません。一人でくすくす笑って楽しんでいます。

眠れない夜は〝お得〟

あっちこっち外国を歩きます。

よくみなさんに、時差ボケしませんか、と聞かれますが、時差ボケって経験したことないんです。どこへ行っても現地時間でそくＯＫ。

ここが朝なんだから、私も朝って思いましょうって、それですんでしまうんです。

東京にいるときもそうで、夜だから寝なくてはいけないって考えると、眠れなくて困るとか、睡眠薬を飲むなんてことになるのです。

寝よう寝ようとすると、ますます目がさえてしまいます。羊を三千何匹数えたなんて話を聞くと、ご苦労さまとしかいえません。お気の毒ねって。

そこでつまらない格闘をしていても仕方ありません。

私は、眠れなかったら、得しちゃったと思うんです。読もうと思って買って、まだ読んでない本も読めるし、原稿も書けます。好きなくだものやお菓子をつまんだりしながら、ベッドで眠くなるまで読書――素敵な時間です。

あるいは七面倒くさい本を読んでいるとほんとうに眠くなってしまいますが、それはそれで願ってもないことじゃありませんか。

おかしかったのは、夜中に目が覚めちゃったので、うつぶせ寝がいいかなと思ってうつぶせになったらぐっすり眠れました。

それはよかったのですが、枕カバーに折れ目か何かついていたらしく、朝起きたらほっぺたに見事な〝刀傷〟のような線がくっきり。人様とお会いする時間になってもさっぱり消えてくれないのには困りました。友達に話すと、

「そうなのよ。〝刀傷〟も畳のあとなんかも若いうちはすぐとれるけど、年をとると

なかなかとれないのよね」

確信ありげにいうところをみると、彼女もさては経験者？　なのでしょう。

今度、先輩に早く消すコツがあれば聞いておきましょう。

年をとると、肌の弾力が失われ、復元力が落ちてくるのですね。さりとてこればかりはアイロンをかけてのばすわけにもいきません。

そのときは小半日、消えないでいました。

芝居気もたいせつよ

まだ鎌倉に住んでいた頃のこと、家の近くのバス停でバスを待っていたら、私のあとに並んだ上品な中年の婦人が、

「こちらにはもうお長いんですか？」

とゆっくり、日本語で通じるかなと気づかう調子で話しかけてきました。

「ハイ、サンネンニナリマス」

のりやすい私のこと、すぐにその気になって外国人になりすましました。どこの方ですかと聞かれたら、何国人になろうかな、やっぱりイタリー人がいいかな、とワクワクしてしまいました。

外国人に間違えられるのはしょっちゅうです。

アメリカに行くと、今度はタクシーの運転手さんにヨーロッパからの旅人かと聞かれます。英語が下手くそだからかもしれませんが、しゃべらない前からよそ者と思われてしまうんです。決してその国の人に見えないって一体どうしてなんでしょう。

どこにせよ、どっかり根を張ることが出来ないせいかもしれません。出来ないというより根を張るのが好きじゃないんです。窮屈で不自由なのが苦手。永遠に、風の吹くまま、気の向くまま、好きなところへ花の種のようにフワフワ飛んでいきたいんです。名前が〝ちょう〟だからかしら、困ったものです。

私のことをどこのだれとも知らない、その土地のタクシーの運転手さんと話をするのは大好きです。

「ヨーロッパのどこから来たか？」と聞かれると、「イタリーから」と答えることもあります。

「はじめてか？」と聞かれ「そう」と言うと、大抵、「この国をどう思うか」と言いますね。

みんな自分の国がどう思われているか気になるのでしょうね。

「もちろん大好きよ」と答えます。「緑が多くて、人間がみんな親切で花もきれいだし、とくに今のシーズンは最高！」と言うと満足してくれます。

それ以上複雑なことをやりとりする語学力がないからちょうどよいのです。気分によっては「日本人よ」と言うこともあります。

すると「日本人には見えない。ほんとうか？」と、かえって疑われてしまいます。どうしてこう無国籍に見えてしまうのかなと考えますと、私の服装が、国籍にも年齢にもとらわれない、自己流だからなのかもしれません。

でもそれがとても便利なことがありますし、けっこう気に入っています。服装や態度で、職業から生活まで見えてしまうなんてミステリアスでなくてつまらない。せっかくならちょっとお芝居して、あらぬ想像をさせ、いっとき楽しませてあげましょう。

ところで私は基本的には人間が大好きですが、それでもなかにはソリの合わない人、ウマの合わない人だっています。

そういう人にはなるべく触れないことにするんです。先が短いんですから、我慢しておつきあいはしないの。我慢しておつきあいするのは体によくありません。

苦手な人から電話がかかってきて、何かに誘われそうだとピンときたときには、声色を使って、居留守をきめこむことも……。

得意なのは、戦争中、疎開していたことのある東北地方のズーズー弁です。

「いま、奥さんいねがら、わがんねんだわ」

とやると、相手はすっかりだまされてしまって、

「あらそお、何時くらいにお帰りになるの？」

「わがんね。奥さんに、なんも聞いでねがったがら……」

とやれば、たいていシビレを切らして電話を切ってくれます。めでたし、めでたしです。

チョッちゃんはよくもまあ、あんなお手伝いさんやとっていられること、と呆《あき》れて、また、あのお手伝いさんに出られては大変と、電話も遠慮してくれるというものです。

そうはいっても、ウマの合わない人のすべてと接触しないで過ごすわけにはいきませんよね。そういう人にどうしても会わなくてはならないときは、どなたかの本で読んだのですが、「これは修行なんだ」と考えることにしています。

楽しい人と一緒にいるときは、お祭り。毎日がお祭りであってほしいけれど、人生、お祭りばかりとはいきません。

チョッちゃん流〝幸福論〟

人をうらやましがらないで、そのとき置かれた環境に順応していくというのが私の幸福論。人はひとりひとり、生まれも条件も違うのですから、人をうらやんだって仕方がありません。

知人の息子さんで、まだ若いのに、ガンであと数か月といわれて入院していらっしゃる方がいます。

ご自分もうすうす病気に気がついていらっしゃるらしいのですが、明るくて、お見舞いに行く人がかえって慰められて帰ってくるのだそうです。恨みごとや、不安ばかりうったえられたら、お見舞いの足も遠のいてしまいますが、その方の病室にはいつもお見舞いの人がたえないのです。

重い病気の床にありながら、健康な人をうらやまず、逆に周りの人に幸せをふりまいている、ほんとうに見事だなあと思います。

私も少しはそういうところがあるらしくて、入院していたときは、お医者さんや他の部屋の患者さんがしょっちゅう遊びにきました。私がバカばかりいっているので、楽しかったのでしょう。消灯時間になってもまだおしゃべりしていて看護婦さんに叱られたこともあります。

ときにはお医者さんが九時頃、背広姿で見えて「助からない患者さんのことを考えると、お酒を飲んでもうまくないんですよ」と、話していかれることもありました。私は思わず、「ああ、お医者さんって可哀想、一番可哀想。そんなに苦しまないでください」って、言ったんです。

結局、心の余裕というか、豊かさがあるかないかの違いのような気がします。

人間って不思議なもので、お金がないときにお金を持っている人におごられたりすると、すごくわびしい、悲しい気がしますが、お金を持っているときだったら、相手がおごってくれるといえば、大喜びでその好意を受けられます。

たまたま傘を持っていなくて雨に濡れているときは、〝雨にうたえば〟なんてもので鼻歌のひとつも出ますが、ほんとうに傘がなくて濡れて歩いていると、みじめで、雨が冷たく感じられるのと同じです。

幸せとは、心のお金、心の傘があることではないかしら。あるいはお金や傘がなくたって、惨めにならないでいられること。

心を豊かに持っていれば、今はないけれど、あるときにこの人におごってあげようと思えますよね。この世で返せなければ天国で返しましょう、なんて、このごろはひらきなおると、何もくよくよすることがないんです。

お金なんてあるといえばあるし、ないといえばない。でも私はどうしても欲しいというものが昔からないから、当座暮らしていけるお金さえあればそれでいいのです。

道を歩いていて、お友達にばったり会ったときなど「一緒にお茶でも飲みましょう」と言えるくらいのお金があればそれで十分。

心の豊かでない私としては、お茶代も払えないと思うと、誘うことなど出来ないでしょうし、もし、逆に誘われても遠慮してしまうことになるでしょう。そうすると自分をみじめに感じてしまうかもしれませんからね。

一級品はこうして見つけるの

花が好きで、今まで住んだどこの家も、一シーズンで庭じゅうを花いっぱいにしました。種を買ってきて育てたり、挿し木で育てたり、珍しい花を見つければ知らないお家でも、ベルを押して、種を所望したり。さて花の苗が増えると、欲しいという人にはいつでも分けてあげられるようにとプラスチックの鉢を用意して……とグリーンサム（緑をじょうずに育てる人という英語）の日々は大いそがし。それでも花のためなら少しも大変だって思わないのです。

花も好きですが、花のあと、たわわに実るくだものにも目がありません。

男の人は、吟醸酒や何年もののワインとかいって、バッカスの神への賛歌に余念がありませんが、私のくだものへの感謝もそれにまさるとも劣らないのです。

くだものは、この地上で食べられるすべてのものの中で、最優秀だと思います。さんざん花をめでて、そのあとの果実を楽しむ。花が一つ一つの色も形も違うように、果実も、同じ味のものは一つとしてありません。

神様の造化の妙を感じます。芸術を感じます。見事です。

私はいつも、くだものに女を感じ、母を感じます。女性にも、甘く、豊かな人もあれば、なんとなく酸っぱく、苦みを感じてしまう人もあるように、くだものにもいろいろな格好や味があります。

ところで私は、おいしいくだものを見つける天才ではないかしら。

好きなものにプラムの女王様〝月光〟があります。これを私はなんと、青山のスーパーマーケット〝K〟の青果の棚で見つけました。

赤やオレンジ、黄が混じったピーチスキンのような肌に、あたかも月光のもとにおく霜のようなしずくを浮かべて、「私を食べてちょうだい」と呼んでいたのです。

以来、私はこのプラムの女王様のしもべとなりました。

冷蔵庫の中でなく、アイスボックスにぶっかき氷をいっぱい入れて、その中で冷やしてかぶりつくとき、生きていてよかったと思うんです。

これをなぜ〝月光〟と呼ぶのでしょう。ベートーヴェンの〝月光の曲〟に通じる何かがあるのかしら。

プラムは、夏の盛りにしかないのがまたいいんです。今どきのりんごのように、旬がなくて一年じゅうあるものより、限られたときを精いっぱい、芳醇《ほうじゅん》な香りと味を提供してくれるもののほうが好き。〝月光〟のことは、ずいぶんみんなに教えてあげました。

〝月光〟を見つけたスーパーマーケットでは、ほかにもおいしいものを発見しました。くだもの以外は私のカンもあまり自信がないのですが、それでもおいしいものを見つけるコツは、あきらかに板前さんとわかる人のあとをついて歩いて、彼が手にとるものを見のがさないようにすることです。

ダシの素だって、塩辛だって、こんなやり方で、最高のものを見つけてしまいました。

私って、ほんとうに抜け目がないんです。

体の健康より心の健康

私は旅をしながら、ジッとしていることはありません。

それはもちろん体だけのことではなく、心の動きをふくめて、何か面白いことはないかとか、道端にきれいな花が咲いていないかとか、通りがかりの家の見たこともない花が種をつけていれば、声をかけて種をいただきます。あるいは種の時期にまた来ますから、とお願いすることもあります。

挿し木でつきそうな木だったら、小さな挿し木用の枝を二、三本いただくとか。

旅は家から離れてさびしいものだし、心細いものですから、家にいるときよりもよけいに、楽しいことを自分でつくらなければなりませんから。

旅へは観光で行くのではなくて講演を頼まれて出かけるわけだけれど、それだけではつまらないので、あっちこっち目を配って抜け目なく面白そうなことを探します。

幸せだって心の中にそれを迎え入れる用意がなければ来てくれないわけだから、その用意はいつもしておきたいのです。

体の健康法はいろいろありますが、心の健康は自分で心がけるしかありません。

自分で一生懸命、心の栄養になりそうなものをとりこんで心を豊かに太らせるの。

大事なのは感じる心。きれいなもの、素敵なものに出会っても、それをきれい、素敵と感じる力がなければ、知らないうちにそれは通り過ぎてしまいます。

感じることのために、この小さな頭がどんなに一生懸命に働いていてくれるでしょう。

見ること、聞くこと、鼻でいろいろな匂いをかぎ分け、口で味わい分け、手で触れてみる、不要になったものはすべて外へ出るように、体ってじつにうまくできているんですね。

この仕組みが十分に働いてくれているから毎日退屈しないし、旅に出ても楽しいのです。

また、この感じる心を刺激してもらうために、外へ出たり、旅に出るのです。小さな知恵袋に、少しでもいいからいいものを蓄えるために……。

いいものがインプットされるように、この頭の中の何億という配線がせわしなく動き回るのでしょうね。

頭の前に一皮あって、それに目、鼻、口がさまざまなかたちで造作されています。

彫刻家がのみをふるっていろいろな作品が出来るように、神様の手によってのみがふるわれているのだけれど、これが神様の気分によって丁寧なものもあれば、ちょっと手ぬきのものもあるというのは皮肉なものですね。

首から上をすげかえられないのが残念だけど、そこが人生の面白いところかもしれません。世の中に美人ばかりというのもつまらないじゃありませんか。

化粧品を選ぶとき、一塗りしたら造作が一変するクリームがあったらいいのに、とちらりと思うことがありますが、人と比較して人をうらやむのは心の健康の大敵。そんなことより中身や頭の配線を刺激することのほうが大切です。

毎日、新しい太陽が昇り、新しい花が開くのですもの。そして、外へ出れば新しい人やものとの素敵な出会いも待っているのです。

生き生きと、楽しく過ごすことが、生きている者のつとめですね。

文庫版あとがき

私には〝明日〟があるだけで、〝老後〟はありません。

体がシャンとしているうちと思い、講演を引き受けるので、あちらこちら、外国にも随分と行きました。

私の場合、観光客としてではなく、ただの旅人として出掛けていきます。

だから、外国の空港でも、道を歩くときでも顎《あご》をひいてシャキッと、キョロキョロせずに真っすぐ前をみて歩きます。一度もこわいおもいをしたことがありません。でないと、緊張感がどこかへ飛んでいってしまって、事故に遭《あ》ったり、転んだりしかねません。語学の足りなさも自覚しています。言葉が通じない国での怪《け》我《が》や病気は本当に大変なのですから。

決して気を抜かないこと——これが旅に出たとき私を支えてくれています。

今は八十一歳。歩くことも苦になりません。

二月の初めに国際救援財団にたのまれまして、フィリピンに行って来ました。現地の係の方たちと一緒に車でまわりました。ところが、車から一歩降りると、そこはゴミの山。そのなかに大ぜいの人が住んでいました。三十度もある炎天下の中、運動靴に履《は》き替えて、坂道を二時間程歩きまわり、子供たちとも逢ってきました。物だけは豊かになってしまった日本から考えると、信じられない貧しい状況ですが、子供たちは明るく、私に手を差し出して握手をもとめてくるのです。みんな美しい眼をしていて、裸で裸足《はだし》でした。

途中、お葬式に出会いました。私は立ちどまって、お辞儀をして見送りましたが、辺りの人たちは珍らしくもなさそうな様子で、葬儀を見る人もいません。同じ人間の生命《いのち》が、いまひっそりと葬《ほうむ》られようとしていること、同じ地球人でありながらこの貧しさは、いったいどうしたのだろう？　と、胸からこみあげてくる怒りに近い涙を堪《こら》えることができませんでした。

娘の徹子は、ユニセフ大使として、もっともっと極限状態のところへ、毎年行っているわけです。我が子ながら、よくやるものだとつくづく感心します。

フィリピンというところは、立っているだけで、汗がダラダラ滴《したた》り落ちてきますが、水、野菜、果物《くだもの》など、一切口にしません。口にしてしまうと、たちどころに下痢《げり》が始まってしまうのです（外国人は種々の菌に対する抵抗力がないためです）。

三日後、私は、真っ黒になって元気に帰ってきました。

その翌日はＮＨＫのテレビ小説「チョッちゃん」の主役だった古村比呂さんの結婚式でした。

招かれた私まで、カメラのフラッシュを浴びてしまいました。昨日までのフィリピンとこの華やかな瞬間《とき》――あまりの違いに頭がクラクラしそうでした。

まさにバァバは花ざかり。呆気《のんき》でなんかいられません。ガンバッテ欲張らなくっちゃ。

幸福になるには心の準備が必要です。まずは、ウォーミング・アップして、幸福の椅子《いす》をしつらえて、あとは待つだけ。幸福はきっと来てくれます。

昨年挿し木にした枝に、アプチロンの花が色をつけ始めました。

平成四年三月

黒柳　朝

本書は、『バァバよ大志をいだけ』（一九九二年四月　角川文庫）を再編集し、改題したものです。追録「チョッちゃん流《快老メモワール》」は単行本『魔女っ子チョッちゃん』（一九九二年十月、主婦と生活社）より収録しました。

本文中、今日の人権意識に照らして不適切な語句や表現が見受けられますが、著者が故人であり、執筆当時の時代背景と文化的価値に鑑みて、そのままの表現としました。

中公文庫

チョッちゃんの
バァバよ大《たい》志《し》をいだけ
——新版《しんぱん》

2023年4月25日　初版発行

著　者　黒《くろ》　柳《やなぎ》　朝《ちょう》

発行者　安部順一

発行所　中央公論新社
〒100-8152　東京都千代田区大手町1-7-1
電話　販売 03-5299-1730　編集 03-5299-1890
URL https://www.chuko.co.jp/

DTP　平面惑星
印　刷　三晃印刷
製　本　小泉製本

Published by CHUOKORON-SHINSHA, INC.
Printed in Japan　ISBN978-4-12-207354-8 C1195

各書目の下段の数字はＩＳＢＮコードです。978－4－12が省略してあります。

中公文庫既刊より

く-32-1　チョッちゃんだってやるわ 新版　黒柳朝

七十四歳、夫を亡くして新しい人生の一人旅――明るく朗らかに人生を楽しむ秘訣満載。高齢期の生き方を綴った三編を新収録。〈巻末エッセイ〉黒柳徹子

207281-7

あ-60-1　トゲトゲの気持　阿川佐和子

襲いくる加齢現象を嘆き、世の不条理に物申し、女友達と笑って泣いて、時には深ーく自己反省。アガワの真実は女の本音。笑いジワ必至の痛快エッセイ。

204760-0

あ-60-2　空耳アワワ　阿川佐和子

喜喜怒楽楽、ときどき哀。オンナの現実胸に秘め、懲りないアガワが今日も行く！　読めば吹き出す痛快無比の「ごめんあそばせ」エッセイ。

205003-7

あ-60-3　いい女、ふだんブッ散らかしており　阿川佐和子

父の葬式、認知症の母の介護、そして還暦過ぎての結婚……。自らにじわじわ迫りくる「小さな老い」を蹴散らして、挑戦し続ける怒濤の日々を綴るエッセイ。

207162-9

あ-60-4　老人初心者の覚悟　阿川佐和子

老化とは順応することである！　六十五歳、「高齢者」の仲間入りをしてからの踏んだり蹴ったりを、ときに強気に、ときに弱気に綴る、必笑エッセイ第二弾。

207317-3

さ-61-1　わたしの献立日記　沢村貞子

女優業がどんなに忙しいときも台所に立ちつづけた著者が、日々の食卓の参考にとつけはじめた献立日記。工夫と知恵、こだわりにあふれた料理用虎の巻。〈解説〉平松洋子

205690-9

さ-61-2　寄り添って老後　沢村貞子

八十一歳で女優業を引退した著者が、自身の「老い」を冷静に見つめユーモラスに綴る。永六輔との対談「お葬式を考える」を増補。〈巻末エッセイ〉北村暁子

207207-7

よ-57-1
一人暮らしをたのしんで生きる　吉沢久子
歳を重ねてこそ得られる、豊かな人生のための知恵と工夫とは。一人暮らしをたのしむためのお手本が満載。九十八歳。話題のロングセラー待望の文庫化！
206269-6

よ-57-2
今日を悔いなく幸せに　吉沢久子
一〇〇歳になりました。日々の暮らしのなかに見つける小さな喜び、四季を楽しむ食の工夫……老後の人生を幸せに生きるためのちょっとした知恵を伝授します。
206535-2

よ-57-3
１０１歳。ひとり暮らしの心得　吉沢久子
毎日の小さな喜びを大切に、前向きに悔いの残らない時間を過ごす――。１０１歳で大往生された吉沢久子さんが教えてくれた、幸せな暮らしかたの秘訣とは？
206774-5

よ-57-4
さっぱりと欲ばらず　吉沢久子
自分に正直に生きることが、人生を幸せに過ごす秘訣です。人は人、自分は自分。１０１歳で大往生した吉沢さんの人生の知恵が満載！〈解説〉谷川俊太郎
207038-7

よ-57-5
１００歳の１００の知恵　吉沢久子
１０１歳で大往生した吉沢久子さんの古くて新しい暮らしの知恵１００。心があたたかくなる暮らしのヒントが詰まっています。前向きな人生になるエッセイ集。
207104-9

さ-82-1
初女お母さんの愛の贈りもの　おむすびに祈りをこめて　佐藤初女
心とからだを一歩前に出すために――。心をこめておむすびを握り、悩める人を見守り続けた初女さんの料理と心遣いが伝わるエッセイ。〈解説〉若松英輔
207003-5

た-15-10
富士日記（上）新版　武田百合子
夫・武田泰淳と過ごした富士山麓での十三年間を克明に描いた日記文学の白眉。昭和三十九年七月から四十一年九月分を収録。〈巻末エッセイ〉大岡昇平
206737-0

た-15-11
富士日記（中）新版　武田百合子
愛犬の死、湖上花火、大岡昇平夫妻との交流。昭和四十一年十月から四十四年六月の日記を収録する。田村俊子賞受賞作。〈巻末エッセイ〉しまおまほ
206746-2

各書目の下段の数字はISBNコードです。978－4－12が省略してあります。

た-15-12
富士日記（下）新版　武田百合子
季節のうつろい、そして夫の病。山荘でともに過ごした最後の日々を綴る。昭和四十四年七月から五十一年九月までを収めた最終巻。〈巻末エッセイ〉武田　花
206754-7

た-15-13
絵葉書のように　武田百合子　武田　花 編
単行本未収録エッセイ集『あの頃』から、夫・武田泰淳や友人たちとの思い出、街歩き、旅、食べ物などについて綴ったエッセイ五十四編を厳選し、収録する。
207341-8

た-15-5
日日雑記　武田百合子
天性の無垢な芸術者が、身辺の出来事や日日の想いを、時には繊細な感性で、時には大胆な発想で、心の赴くままに綴ったエッセイ集。〈解説〉巖谷國士
202796-1

た-15-9
新版 犬が星見た　ロシア旅行　武田百合子
夫・武田泰淳とその友人、竹内好との旅を、天真爛漫な目で綴った旅行記。読売文学賞受賞作。竹内好の随筆「交友四十年」を収録した新版。〈解説〉阿部公彦
206651-9

う-3-17
青山二郎の話・小林秀雄の話　宇野千代
稀代の目利きと不世出の批評家を無垢の眼で捉えた全文集。両者と大岡昇平による著者をめぐるエッセイを併録。文庫オリジナル。〈解説〉林秀雄・宇月原晴明
206811-7

う-3-18
九十歳、イキのいい毎日　宇野千代
陽気は美徳、陰気は悪徳を信条に九十八歳の天寿を全うした著者。最晩年のイキのいい毎日を綴った名随筆を精選。「私の文章作法」「私の発明料理」収録。
207336-4

う-3-7
生きて行く私　宇野千代
〝私は自分でも意識せずに、自分の生きたいと思うように生きて来た〟ひたむきに恋をし、ひたすらに前を見つめて歩んだ歳月を率直に綴った鮮烈な自伝。
201867-9

た-28-15
ひよこのひとりごと　残るたのしみ　田辺聖子
他人はエライが自分もエライ。人生はその日その日の出来心――七十を迎えた「人生の達人」おせいさんが、年を重ねる愉しさ、味わい深さを綴るエッセイ集。
205174-4